# Vision

一些人物，
一些視野，
一些觀點，
與一個全新的遠景！

記憶
翻越關門，
布農丹社歸鄉路
砌成的石階
雪羊——著

# 目錄

# 序章

## 當光照進石板屋

空氣中瀰漫著柴香，三石灶裡的木頭，正緩緩以光和熱的形式，釋放若干年前從太陽那兒借來的能量。躺在冰涼的石板床上，我聞著那帶有炭與甜味而不過於刺鼻的煙，看著從牆縫、天花板縫射進來的陽光，將這些味道凝聚成一束束可以用雙眼感受的模樣。時隱時現的光束，讓這棟有著十九年歷史的石板屋化作時光的淺海；任憑這些搖曳的斑爛，輕撫著這棟房子歷經百年時光的地面與牆，也點亮了坐臥其間的人們。

這裡是「內本鹿」，Laipunuk，是魯凱族聖地大鬼湖東北方的一片廣大區域，與台東市直線距離約 30 公里。19 世紀中後，一支布農族人沿著中央山脈一路往南遷徙，來到了內本鹿定居，讓這裡成了布農族在中央山脈深處最南境的部落。而這裡也是台灣最後一個被遷移至平地的布農族聚落，直到發生「內本鹿事件」的隔年（1942 年），才讓日本人強制將所有的部落遷至台東桃源村、鸞山村一帶。2021 年 1 月，我與隊友小曾從台東延平林道開始，走了五天，來到內本鹿的 Taki-vahlas

部落拜訪一群好朋友。他們，是這裡唯一的定期居民；雙腳，是除了直升機以外，來到這裡的唯一方法。

「你看我們現在身上穿的，都是現代的衣服。回家並不是一定要回去穿獸衣、打赤腳，而是透過不斷地使用，讓活在現代生活中的我們，能更了解老人家的生活，以及屬於我們語言和文化裡的點點滴滴，把根扎在這片土地上。」以舒服臥姿躺在石板床上的是 Katu，他以柔和磁性的嗓音，和我分享著「為什麼要回家」。

「身為原住民，你在跟人家介紹你自己，然後你說不出你曾經的山林經驗，我覺得就很可惜。和一般的漢人一起在都市長大，卻根本沒有跟他們不同的地方。」Katu/Sinsin Takishusungan（柯俊雄）是台東縣均一國際教育實驗高級中等學校的社會科老師，是霍松安家族當前的壯年世代，也是「回家行動」目前的主領隊。

這個家屋，正是霍松安家族的房子。「我希望透過這樣的回家行動，來燃起他們

當光射進石板屋。

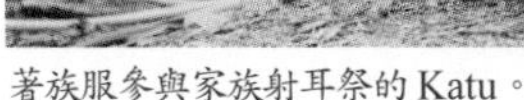
著族服參與家族射耳祭的 Katu。

台北二二八公園中，凱道部落帳內的 Tama Nabu。

對自己的部落、族人這樣子的一個使命。」Katu 期望著，希望讓回家行動的成員，都能透過回到山上，看見屬於自己的根和靈魂。這條「回家」路，他們已經走了超過二十年。

## 對抗強勢文化的壓迫，一心回家的霍松安家族

若你曾在 2020 年前後去過台北車站前的二二八公園，那麼你很可能已經見過霍松安家族，與為了傳統領域議題一起努力的夥伴們，日以繼夜堅定表達訴求的景象了。公園裡面被稱為「凱道部落」的大帳篷，是 Istanda Husungan Nabu（依斯坦達霍松安．那布）與伴侶原住民歌手 Panai Kusui（巴奈．庫穗），從 2017 年 2 月 23 日開始，到 2023 年仍堅守不懈的基地。他們無分晴雨晝夜，沉默而持續地表達訴求：修改「原住民族土地或部落範圍土地劃設辦法」、推出該辦法的原民會主委夷將下台。

這個議題，就是沉痛的「傳統領域」。霍松安家族以及原運夥伴們爭取的，是要平反原住民族過去被國家體制理所當然占有的世居土地，以及「自由在孕育族群文化的土地上，使用並傳承傳統文化、確實參與族群土地管理」的權利，他們不想徹底失去曾經的家，以及族群文化的自主性。

沼澤地，顯示為快接上古道了。

由內本鹿霍松安家族耗費數年，親手在祖居地重建的家屋。

早在「凱道部落」出現以前，霍松安家族的「內本鹿回家」行動，就已經在極度不友善的法規與政治環境中掙扎著回家，將足跡一步一腳印地，印在鹿野高台與中央山脈主脊間悠遠的崇山峻嶺中。

為了探尋族群身世、重建文化脈絡，抵抗現代國家的壓迫並實踐民族自主性，Tama Nabu（Tama 是布農族對長輩的尊稱）與霍松安家族，展開了台灣持續最久，有規模與組織的「回家」行動。從 2002 年開始，每年春節前後，他們會用一週左右的時間，跋山涉水走回內本鹿的 Taki-vahlas 聚落，並在家裡住上十來天，然後再花近一週的時間下山，盡可能以傳統生活方式，重新連結布農族的根。

Tama Nabu 以「部落地圖」（Tribe mapping）的概念，訪談耆老、應用 GIS 地理資訊系統把老家的空間數據化，記錄孕育文化的空間，成為回家行動的重要根基。甚至，因為外國友人一句「Why don’t you rebuild your mama’s house?」，讓那布和已故的表哥 Nas Tama Biung 召集族人，蓋回屬於自己的房子，成為內本鹿重建的第一幢家屋。到了 2023 年，已經是第二十一個年頭。

在行動初期，曾面臨族人不看好，森林警察曾在下山時攔路搜索，被告發違反槍砲彈藥管制條例；林務局要求先申請才能入山；因砍樹、蓋家屋違反《森林法》被林務局盯上等。他們面對的，是將「原住民以祖先傳下來的方式，回到自己的土地生活」的種種行為視為有罪，狩獵、持槍也非法的國家體制。在重重險阻之下，Tama Nabu 與家族所堅持的理由，只有一個：「我們只是要回家，你們為什麼要這樣對我們？」行動是一種卑微的抵抗，面對剝奪原住民文化的種種正當性以及土地使用權的國家，這是他們唯一能做的，並藉此找回自己。

不斷的行動，是單純的回家，是抵抗國家體制的壓迫，也是傳承文化與認同的過程。Katu 跟我說過，每次回家需要在山裡待半個月以上，自然需要懂得如何運用山林資源，幫助自己生活。「所以在這個過程中，長輩帶著我們，就是沉浸式的民族教育，就是行動教室啊！」族群扎根的土地，就是文化實踐與傳承最好的地方。霍松安家族透過回家，將年復一年固定的回家山路，轉化成抵抗國家壓迫的和平手段，與一個富有教育價值的學習空間。

## 在回家的步履間找到自己

Tama Nabu 和我分享過，回家的路也是歷史的爬梳，透過部落地圖，一直走、一直走，慢慢重新建構傳統 Asang（生活圈中心或聚落地，有時會被部分理解為「家」）的概念。孩子會在回家的過程裡，學會分工、領導、狩獵、解決問題，並慢慢成為一個團體，在不斷行動的過程中累積記憶，產生信仰與自己的價值感，以及 Bunun（布農族語「人」之意，人類學家引申為一族之稱）自己的哲思。「家是在行動的過程裡面被建立的，不在一個地點，因為 Bunun 本來就不能戀棧一地，是要不斷遷徙的呀！」

會呼吸的房子，Taki-vahlas 的霍松安家族重建家屋。

回家的路很漫長，霍松安家族無懼國家機器的嚴酷，一直在內本鹿找尋自己的根，努力不懈著。或者說，只是回家罷了。

和 Katu 聊著聊著，我聽見屋外開始有了動靜，那是大家為了晚餐而忙碌的聲音——通常會持續兩三個小時，傳統生活可是很忙的。我看著從牆壁、天花板不斷飄走的煙，想起了族人形容石板屋時，有一個非常傳神的名字——會呼吸的房子。不知道這一晚過後，我什麼時候還有機會，跟著族人們以 Bunun 的節奏，走入 Bunun 的山，完整地一起經歷回家的過程，更深刻地理解傳統文化的實踐與失去家園的痛呢？

緣分總是神奇，一年後，我在 2022 年 4 月，跟著另一群布農族青年，從花蓮的馬遠部落，循著祖先遷徙的道途，花了十天回到那大河流域裡的丹大老家。雖然他們還沒蓋回自己的房子，但看著他們從不安、期待到感動，那些汗水交織著淚水與柴火味的記憶、一起走過的坎坷路途，竟也將 Bunun 的態度與生活深深刻在我的靈魂之中，成為了此生最難忘的山旅之一。

那條路，有一個響亮的清代名字：關門古道。

那群人，是最接近中央山脈核心的布農族：丹社群。

# 第一章

## 中央山脈十日夜，馬遠青年的回家路

「咿呀—哆嘿—啊—咿—嗨呀——」

一段高亢、抖擻、悠揚的獨頌，蓋過了十八個人走在蓬厚香杉落葉堆上的腳步聲，迴盪在中央山脈的深谷，丹大溪流域的森林之中。緊隨而現的，是眾人高低不一的和聲，在這個台灣的心臟地帶，編織出了布農族的「負重回家歌」，Matismama' mulumaq（郡社群常見的說法：Macilumah）。

那是布農族的聲音，是來自花蓮，萬榮鄉馬遠村的馬詠恩，Tulbus Mangququ，用他那曾入圍金曲獎的渾厚聲線，勾勒出「家」的樣貌：曾繚繞林間兩百年的布農古調，如今在這寂靜無人，水鹿成為主宰的世界裡，再一次鮮活地舞動起來。

我是雪羊，是個爬過九十九座百岳、有十年登山資歷的山岳攝影師。2022 年 4 月 5 日至 4 月 14 日，我以領隊、隨行攝影師與記錄者的身分，跟著花蓮縣萬榮鄉，馬遠部落的丹社群布農族人們，從富源森林遊樂區北方的山嶺啟程，展開了以丹社群青年為核心，為期十日的「回家」行動，目標是丹社群的祖居地與起源部落：「丹大社」。

布農族有一句話「min bunun」，指的是「成為人」，是一個細緻且緩慢的過程。因此，我將以見證者的身分，詳實記錄這個回家行動中的一切關鍵，以中央山脈的地貌與森林為骨幹，登山運動與過程為神經，傳統文化與記憶為肌肉，成員互動與感觸為血液，嘗試以布農族丹社群為媒介，呈現一個原住民族的回家行動，是如何在漫長的過程中，成就真正的「人」。

你可曾想過，一群人在山中生活十天九夜，是何等滋味？

你也可能懷疑，這種頂多一年一度的「行動」，有多大的意義？

這，便是一段以「回家」為目標的山旅故事。

是馬遠的布農族丹社群族人，循著祖先的路，重返故土的故事。

馬詠恩（前）與隊伍合照於通往馬太鞍溪的下坡路段中，關門古道第五處完整石階（Paskikingnan）遺跡，海拔約 2,220 公尺。

2020 年底隨馬遠部落往返 Tongqolan 的 Abus 鄭儀君（前）。

# 第二章

## 耆老的叮囑

### 馬遠部落的流水席

2022年3月某天早上，我忽然接到一通醒腦的電話，讓我緊急更改了後續所有的工作排程。電話那頭是蔡昇達，大家都叫他阿達，他是詠恩的同學、至交兄弟；他們曾在2018年跟隨研究關門古道的巨擘鄭安晞老師的隊伍，走過完整的關門古道踏勘，是個深耕部落的原住民文化工作者，也是這次馬遠部落回家行程重要的領隊之一。

2022年，花蓮馬遠部落在清明節時，展開了一場為期十天的「回家行動」，從花蓮徒步翻越中央山脈回到南投祖居地。這是花蓮縣文化局所主持的再造歷史現場專案計畫，目的是為了讓沉睡在富源蝴蝶谷深處，翻越中央山脈、直達丹大林道的清代越嶺道遺址「集集—水尾道路」，或曰「關門古道」，能透過馬遠布農族人們的使用與活化，回溯祖先自南投遷徙至花蓮的路徑，讓歷史現場重生。

然而，當代社會的人們，身上都拴著大大小小不同的枷鎖，被各自的工作或學業所綑綁，難以抽身；要從規律運行的日常抽離「十天」進行與收入無關的事，是「時間貧窮」的現代人難以付出的奢侈。成員數多達十八人的大型隊伍，當然更難協調。本次行程的日期已經更動了第三次，可謂命運坎坷。

4 月 3 日，我提前兩天前往馬遠部落，參加原隊員的婚禮，也讓身心漸漸融入部落的氛圍，並以協力領隊的身分，好好統籌協助這大行程的事前準備。

「台北的天空一有我年輕的笑容一」席開數十桌，把馬遠部落活動中心塞得水洩不通的婚禮，台上獻唱的，是一首首 1980 年代華語金曲；桌上擺的，是佛跳牆、清蒸海魚，南部流水席常見的菜譜。而舞台旁展示的，則是身著族服的新郎公主抱新娘的幸福合照。志豪原本是這次回家行動的隊員，但布農文化中有個禁忌，家裡有大事如結婚、小孩出生時，是不可以出遠門的，因此他選擇退出本次行動。

這是我第一次參加部落的婚禮，坐在邊角觀察著這與刻板想像落差極大的場景：沒有族服、古禮、殺豬，眼前一切與中南部的流水席幾無二致，甚至更加熱鬧。若不是擔任工作人員的詠恩上前一句「欸老弟，你來啦！」還真讓我不小心就忘記了，此時此刻正身在花蓮萬榮的馬遠部落之中。

馬遠部落是布農族的聚落，位於花蓮縣萬榮鄉，與富源蝴蝶谷隔溪對望。在百來年前，就有少數族人從南投丹大溪流域翻越中央山脈移居此地。而到了日本時代，在昭和 5 年（1930 年）「霧社事件」爆發後，日本當局鐵了心要將深山的部落遷移到便於管理的位置，於是開啟一連串的「集團移住政策」。這個政策造成許多原居深山地區的原住民族群，如布農族、泰雅族等，被迫離開世居的家園，是導致傳統文化與生活方式被抽離土地脈絡、漸漸衰亡的主要原因。

現今的布農族分為五大社群，居住地沿中央山脈從武界到那瑪夏，由北到南大致上為「卓社群、卡社群、丹社群、巒社群、郡社群」等五個文化、語言都擁有各自特色與差異的社群。

其中，居住在丹大溪流域的「丹社群」族人們，在集團移住的政策背景下，大多數選擇了在昭和 8 年（1933 年）開始，自主從南投丹大溪的深谷之中，沿著原為祖先行走，後成為劉銘傳下令開闢的「集集—水尾道路」，今稱「關門古道」的路，舉族遷徙到富源一帶的馬侯宛社，漸漸形成了我們今日所看見的馬遠部落。

### 耆老的智慧，遼闊的「家」

翌日，詠恩與我和幾位隊員一起到瑞穗採買全隊的糧食。「空心菜四包！鯖魚要九片！欸……那個米拿八公斤好了！」一個中午過去，我們滿載而歸，在回程途中討論行程細節，公裝怎麼分、菜單怎麼配。

馬詠恩今年 34 歲，從小在馬遠部落長大，深諳母語；現為台玖線樂團主唱，致力於音樂創作、表演與教育，也是馬遠部落的青年領袖之一。他的名字「Tulbus Mangququ」傳承自阿公馬連淡。布農族的名字，原則上是由祖父母輩家族成員的「名」，加上家族的「姓」而來，具有一脈相承的精神，也是很容易遇到同名布農族人的原因。

馬連淡曾任馬遠村長，在 Qalmut 舊部落出生，很小就跟著媽媽翻過中央山脈移居馬遠。詠恩從小就聽阿公說山上的故事，並時常跟著巡視位於關門古道低海拔段的獵場，學習打獵、母語。「我以前一直不知道為什麼阿公那麼喜歡去山上，直到阿公走了以後，我才開始想自己走走看這條路。」詠恩從 2012 年開始嘗試循著阿公的教導與回憶，一探這條「阿公小時候從南投走過來」的路。在年復一年、或深或淺的探尋之下，詠恩成了馬遠部落裡最熟悉關門古道的人之一。

採買完的車子，緩緩停在一處有著遮雨棚大院的人家前，屋主一家正在忙著處理堆成小山丘的箭筍——那是馬遠地區每年清明前後的重要特產。

一位留著小平頭的哥哥放下工作出來迎接我們，熱情地引導大家把比箭筍山還高的公共裝備，與十八人六天份的糧食攤在庭院裡，不一會功夫就占滿了一個角落。我們只買了六天份，因為最後四天的糧食委由南投地利的族人幫我們運補，以減輕隊員們的負擔。

這位迎接我們的哥哥，是年方 46 的 Laung Tanapima（江阿光），圓亮的雙眼、黝黑的膚色與不高的身形讓他看起來比實際年齡年少得多。2009 年時，他因部落協會的工作計畫接觸到部落遷移史，從而產生興趣；在口訪許多馬遠耆老、研究關門古道多年後，他於 2019 年以論文《布農族丹社群馬遠部落移住路線環境命名之調查研究（1945-2018）》取得碩士學位，現為馬遠部落文化工作者。

回家行動領隊，馬詠恩。

由於精通母語與耆老口訪經驗，阿光是我們隊伍中最熟悉關門古道脈絡的人。他就像丹大溪上的吊橋般，建立起青年、中年與耆老世代的連結，也是本次行程帶領隊伍從母語口述歷史的角度認識關門古道的靈魂人物。

隨著隊友慢慢到齊，院子愈來愈熱鬧，地上漸漸出現了十八堆食物與裝備的小丘，眾人忙著把成山的物資均分成十八等份。「阿達，這臘肉幫我放這邊！」「Ian！幫我把營繩拉長，每五米剪一段！」我大喊著。「好！」Ian 熱情應答。本名陳彥辰的 Ian 是個熱愛部落文化的台北青年，長年參與霍松安族的內本鹿回家行動，並為台灣生態登山學校指導員，擁有豐富登山與部落經驗。因深受布農族的文化，以及人與山的真誠互動所感動，所以只要有回家行動，若時間許可他幾乎都會積極參加。

「那個大家，Aki Laung 來看我們嘍！趕快坐好喔！」（「Aki」是布農族語對德高望重長輩的尊稱）正當眾人努力把裝備塞進背包時，阿光領著一位身形袖珍的耆老慢慢走進了院子，拿了兩張小椅子並肩坐在一起。眾人則在前方圍成了一個半圓，靜靜聆聽耆老的關心與叮嚀，以及他從舊部落翻越中央山脈，那些還活在他身上的

上：出發前一日，阿光（左露齒笑者）家庭院物資分配現場。
下：Aki Laung 以族語和隊員們分享關門古道記憶，並給予勉勵和祝福。

關門古道記憶與典故。

這位耆老是 Laung Qalmutan（林葉成）阿祖，已經 94 歲了，一生走過超過五次關門古道，身體看起來還非常硬朗，也是來自祖居地的馬遠第一代移民。他對著曾子孫們講述古老的地名與故事：有孔洞的樹、Huhul madaingazan、Qatmi、Doqon……

「那個 Doqon 就是五葉松，那個地方過後很高，要注意身體，一定要記得互相照應……」Aki Laung 只會母語和日語，說故事的聲音十分柔美、厚重，然而多數人是一句都聽不懂或勉強跟上，唯有靠阿光一段一段翻譯，這些古老的族群脈絡才得以從耆老口中傳承。

其實這也是台灣許多家庭的寫照：阿公講話，要透過爸媽翻譯成中文給孫子聽才聽得懂，祖孫輩間已有語言失根的高牆。在當代的台灣，中文以外不分族群的所有方言，都正面臨著嚴峻的存續挑戰。

從耆老說的「很高的地方要注意身體、互相照應」描述中，可以發現丹社群在近百年前就有類似高山症的觀念，更有著當代登山知能中，處理高山症的重要鐵則：「不可讓高山症患者獨處，因為症況可能隨時惡化。」古老的智慧是歷久彌新。

## 家人的樣貌

講完故事、再三叮囑要互相照顧後，Aki Laung 便離開了。眾人認領完屬於自己的公裝公糧後，阿達便帶領大家互相認識。這時我才發現，這支隊伍的組成非常多元：十八人中，年紀最小的是馬遠部落的妹妹 Lili Taisnunan（田靜怡），她剛從均一中學畢業，是 Katu 老師的學生，為了認識自己的根而來，即將滿 18 歲。而 40 歲以下的青年十三位，40 歲以上的青壯年則有五位，包含母親來自馬遠的原民台記者石馬（田德昌），兩位來自卓溪鄉，協助石馬背負攝影裝備的協作大哥。最年長的是剛滿 50 歲的大頭哥（江勝義），也是馬遠部落的族人，職業軍人退伍後曾任職於教養院，這次為了親眼看見老家，辭了工作和我們一起上山。雖然這支橫跨 30 歲的隊伍主體是青年，但有一半是非布農族的 Kaviaz（朋友）。

隊伍自我介紹完後，阿達接著說：「我覺得 Bunun 最重要的，就是那個『一起』的感覺，氣氛對了什麼都對了。出發以後，我們就是一家人了。」阿達雖然在血緣上是漢人，但因為與詠恩有著革命情感，並長年做著與部落相關的工作，他也有著自己的布農族名字。

布農族傳統社會，是以「氏族」（Clan）組織為依據來界定各個家族。然而，在 17 世紀以降的大遷徙過程中，氏族時常融入外族成員，導致了布農族與外來文化和血緣的融合。

這個類似「收養」的概念，可以發生在人生任何階段，只要有一個家族認同外族個體、願意授予該員屬於家族的姓氏，那個人就可以成為布農族。這種以「名字」為辨別他我依據、以認同為基礎的文化，模糊了族群的分野，也讓「族」與「家」的想像更加開闊。

這讓我想起，Tama Nabu 曾跟我說，Asang（家）會提供族人飽足感、安全感、學習、自我實現等需求，所以一個人從被族人們接納開始，就是 Bunun，然後才開始吸收各種知識文化，學習怎麼成為一個「完整的人」。

名字的賦予，是布農族建構「家」的重要概念基礎。家族成員的加入，並不是天生注定，而是透過儀式、透過家族成員認定，一個人才會成為家族的一分子。換言之，延續了布農族基因的個體，如果並未經歷學習、應用族群文化的過程，那麼仍無法真正成為部落與文化的一分子，而只是身分證上印著「布農族」的中華民國國民。

天色漸漸暗去，眾人背著沉重的背包回到自己的歸宿，相約隔天六點阿光家集合。我因為體能較好，多分擔了點糧食，背包共二十八公斤，而體能較差，甚至初次上山的隊員，也有十五公斤以上的物資。這樣的重量，就算是對登山經驗豐富的山友而言，都不是輕鬆的負擔，遑論有幾位隊員甚至是新手。看著他們略略皺起的眉頭，可以想見這將會是一趟艱辛的路途；在無情落下的清明細雨中，我默默祈禱著一切順利。

# 第三章

## 槍聲響起，大石洞裡的夜

### 族人的祝福

清明清早，天矇矇亮，馬遠部落的幹道卻熱熱鬧鬧，五六台小貨車、皮卡沿著阿光家門口圍牆停了一排，連村長、村代表都來了。六點整一到，關門古道隊員們排成兩排半圓，輪流拿著一個竹筒，以手沾酒滴往地面，心中默禱行程順利，就像在向土地說話。

這個小而簡單的祈禱動作，除了能作為布農族人的「敬山儀式」，在生活中也非常常見；像詠恩總是在舉杯暢飲前，用手指沾第一杯酒，然後連續往地上滴三滴，向「老人家們」致意、禱告。「希望老人家們能保守我們，讓接下來的十天順利平安。」當酒壺傳到我手上，我也沾了沾酒，向地面點了三滴，一面默禱著。「老人家」除了字面上的意思，也是馬遠部落的族人們用以稱呼「祖先」的慣用語，十分親切，就像仍然陪在我們身邊一樣。

在我們默禱一圈後，早就站在一旁的 Aki Laung 阿祖，拿著一束青翠的芒草與一杯酒走上前，開始和我們講解布農族的遠行祈福儀式，阿光翻譯：「……我們布農族說『離開』不好，所以 Aki Laung 用『離開一下下』表示很快就回來。」對於遠行，布農族也有以言語明示族人早日歸來的期待。Aki Laung 也說，民國 73 年之前，馬遠部落只有祖靈信仰，所以這次也要用老人家的方式給我們祝福：他先喝一口酒，然後把酒噴在芒草上，一邊用母語祝禱，一面用芒草打我們，把附在我們身上的惡靈都打跑。

這不是時下流行的「儀式感」，而是傳承百年的真正儀式：透過在丹大舊部落出生的耆老，由他親口念出的禱文、噴灑的米酒、採收的芒草，將祝福滴落在我們這群即將「回家」的青年身上。Aki Laung 也彷彿將他的關門古道記憶，以及隱隱的思鄉之情，透過芒草託付給了我們。

祈福儀式結束後，緊接著由部落的魯偶夫牧師帶領大家禱告。帶著眾人的祝福，我們浩浩蕩蕩離開了部落，朝著海拔 1,660 公尺、雲霧聚頂的拔子山方向駛去。但是，沒多久天空便飄下了毛毛雨，果然清明的細雨沒打算放過我們啊！

左：耆老 Aki Laung 以芒草為回家隊員進行傳統祈福儀式。
右：通往登山口的產業道路崎嶇難行，時常要下來幫忙推車。

對空鳴槍，宣示啟程。

四驅小貨車沿著拔子山腳的農路疾駛，穿過一畦畦水田與旱田，旱田裡還有一對環頸雉在悠閒啄食；然後在大富附近彎進一條產業道路，進入檳榔園，開始了陡峭的爬升。「平安、平安！」在檳榔園產業道路上工作的、守門的、砍檳榔的人們，很多都是馬遠部落的族人，熱情地延續部落的招呼與祝福，「平安」是我在部落裡最常聽到的詞彙。

「這也是我們部落的啊，因為做檳榔錢比較多，所以我們很多在做檳榔的，砍草養不活家裡。」鑫全說。他是我們這台小貨車的司機，駕車技術了得，和詠恩從小一起長大、打獵，也到關門古道上蓋過獵寮。這次回家行動，他因為做檳榔長期負重腰傷所以無法參加，但也想盡一份心力，所以來擔任司機。

海拔超過 700 公尺後，檳榔園漸漸荒廢，農路也愈來愈爛，不僅濕滑泥濘，甚至長滿大花咸豐草、芒草等，將路面完全掩蓋而窒礙難行。車子猶如綠海中的破冰船，硬是撞開濃密的植物緩緩前行。幾乎是每過一個之字彎，就會因為坡度太陡、石頭太滑，所有人便得跳下車幫忙推，甚至還會弄得滿身泥濘。經過整整三個小時，我們才通過坎坷的路途，抵達海拔 1,080 公尺的虎狼山產業道路行車終點，甚至已經有兩台車中途故障被迫撤退。

**老人家早安，我們來了！**

「磅！！！」

回音響徹大興溪谷，Vilian（高銘鴻）用震耳欲聾的槍響告知祖靈：「我們來了！」揭開回家行動的序幕。「老人家喜歡聽槍聲，槍聲愈大，老人家愈開心，我們也會走得愈順。」他說道。

Vilian 今年 20 歲，來自濁溪鄉中正部落，是 Tanapima 家族的孩子。他國小三年級就能背到六十五公斤，更因從小跟著部落裡數一數二厲害的家族長輩上山打獵、學習，年紀輕輕就已是出色的獵人，並非常熟悉巒社群的傳統文化與技能。這次同行是受到詠恩的邀約，他決定一起來看看自己文化的根。

在村代表祝福、隊員們輪流以米酒敬山並一一飲下後，我們低頭闔眼圍成一圈，由阿光帶領大家禱告，祈禱天上的父、山上的靈、路上的老人家們，能保佑我們平安、順利。這時細密的雨仍持續飄落，濡濕了夾道的芒草、色彩不一的背包套，還有我們的睫毛。上午 10：20，我們朝著廢棄林道深處往中央山脈走去。

超過一週的長程登山，第一天總是會特別累，因為所有的食材都還沒被消化，身體也還沒習慣每天負重爬升的生活模式，更時常有人因為緊張或處理工作而前一夜睡不好。沒多久，我們離開廢棄的產業道路，接上了一條沿山脊而闢的獵徑。它並不是關門古道，真正的關門古道，還遠在這條稜線與拔子山西北稜會合之處，尚有 550 公尺的高度差。550 公尺是什麼概念？台北 101 登高賽，總共需要爬升 91 層樓，390 公尺，因此 550 公尺差不多等於爬 1.5 棟 101，而且是背著十五公斤起跳的背包。

但因為山徑總是上上下下，實際爬升可不止於此，第一天結算差不多爬了兩棟 101 的高度。

然而，在獵徑上走沒多久，隊伍就馬上四分五裂了。因為整支隊伍裡面，最常從事長程登山活動的，其實只有我、Ian、理博（楊理博）與來自新竹的 GG（李其穎）等四位，其他人平時僅有短程登山與打獵經驗，甚至有人對多日登山仍非常生澀。這導致一開始有許多人狀態調整不及，或不習慣這樣的負重登山而漸漸落後，使隊伍愈拖愈長。跟隨石馬哥（田德昌）的二位協作——來自卓溪鄉的刀疤司（林錫輝）與那哥（那志豪）——則扛著數十公斤的攝影裝備，跟著他緩緩在隊伍後方用心記錄整個過程。

2022 年馬遠部落回家行動路線圖。（底圖來源：航空測量及遙感探測學會，1987）

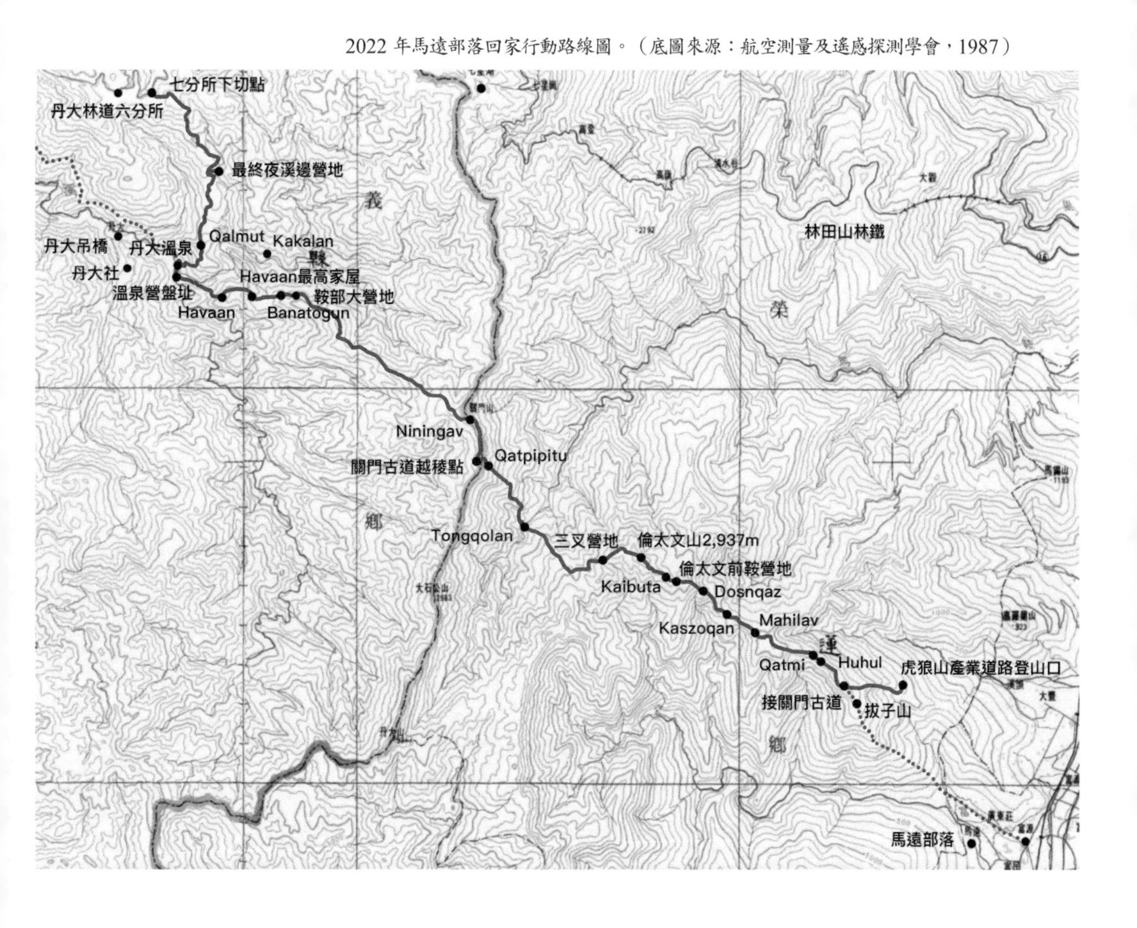

倫太文西鞍三叉營地旁特別的沖蝕岩面。

理博是我認識的朋友之中，非常特別的存在。2019 年時，29 歲的他離開台大電機系的「人生勝利組公式生涯」，隻身前往台東延平鄉 Pasikau（桃源）部落，潛心學習以布農族的傳統方式生活，如今籐籃、鞣革等傳統技能樣樣通，是隊伍裡公認「最像布農老人家的人」。理博因為一次雜誌訪談工作認識了詠恩，進而加入了我們。而清大畢業的 GG 今年 31 歲，平時多從事溪谷運動，也常帶領戶外體驗活動；這次同樣受詠恩之邀參與回家行動，想一起看看老家的樣子，以及傳說中的關門古道。

「調整一下、調整一下欸！」「不急，慢慢來喔！」走在第二個的詠恩，每走一段發現隊伍又神龍見首不見尾時，總會在霧雨不曾停歇的潮濕森林中，停下來給大夥打氣，示意大家休息、調整狀態。

在寒冷潮濕的天氣中帶領這樣體能落差懸殊的隊伍，其實非常困難。一方面要想辦法讓快的人走慢點以免隊伍拖太長，一方面等待的過程不能太久，否則會太冷。但更重要的是，也得讓好不容易跟上的落後者能有足夠的休息時間，否則體能會因無法恢復而愈來愈差。因此，一般登山隊伍會盡量避免體能落差懸殊的隊員組成。

然而，在這十天的行程中，因為不想讓登山經驗成為回家的高牆，對於隊員經驗基本上來者不拒的我們，每天都像一列跌跌撞撞的老爺火車般走走停停。然而，卻未曾出現過任何對落後者的抱怨，或者常見於一般休閒登山隊中，速度快的人要「自己先走」的情況。

### 踏上百年遷徙路

下午 1:54，通過一個泥濘到會把鞋子吃掉的沼澤後，我們終於爬上了拔子山稜線，鑽過一根上面被用奇異筆畫上古道示意圖的大倒木，總算踏上了關門古道的正途。

這時隊伍聚攏在一個小平台休息，Lili 清理著她剛剛被沼澤吞掉的雨鞋，阿光正

在雲霧繚繞的潮濕低海拔森林中行進，隊伍速度緩慢、濕冷不適。

在不斷飄落雨滴的雲霧裡，和濕答答的眾人講述著關門古道的地名：「……就是這條路喲！祂們 Madadaingaz（祖先）1933、1934 遷下來，當時是一千多人，我們是何等地榮幸，這條路已經一百多年了餒（馬遠部落族人們常用的語尾助詞，本文以「餒」字表音）！像我的阿公、阿祖、阿嬤，都是從這裡下去的。」

接著，阿光轉頭，將食指指向隱約往東南方延伸的關門古道路跡說：「我們順著這個下去的話，就會到那個拔子山，那邊就有一個『Sanqakuding』，三角點。三角點再下去就會到 Pistibuan（升狼煙的地方）喔，那邊也叫做『Santanam』，就是像我們剛剛鳴槍那樣。」他說，過去馬遠老人家為了狩獵踏上關門古道，要下山的時候會在 Santanam 鳴槍，部落的家人聽到會上來迎接。「啊再下去的話就是那個 Dastalan（那實達社），是 Mai-asang（老家），它的右手邊就是 Maqsaim（馬賽社）和 Ishikutan（與實骨丹社）。」阿光在古道現場，一個個分享古老的地名與故事，也以自身的家族歷史建立起這條路徑的脈絡。

「辛苦大家齁，剛剛那個上來都是震撼教育，現在是適應期啦，後面就可以很適應！」阿光勉勵辛苦的眾人，詠恩也接著振奮士氣：「這時候只要笑就好了，啊哈哈哈哈！」這無厘頭的一句，搭配搞笑的音調，讓大家頓時忘記了濕冷與疲憊，凍僵的臉瞬間被融化，跟著咧嘴開懷。

接上清代竣工的百年古道後，山徑變得更加踏實好走。雖然並沒有像日本八通關古道那樣經過妥善整理的坦途，沒經驗的人根本看不出來，但可以明顯感受到我們正走在一條地面較硬、沒什麼障礙物的隱約道途上。海拔超過 1,700 公尺的森林，氣溫比平地低了十度左右，且雲霧更加濃厚，雨也愈發折磨人。

在森林中走上一整天，一路上卻濕到連坐的地方都沒有，每個人的神情都顯得十分疲憊，有的人上半身全濕，有的人透到內褲。而進入中海拔後，更低的氣溫開始強迫我們縮短等待的時間，避免停太久會感冒。但是，隊伍也因此拉得更開了些，讓我

剛從獵徑接上關門古道處，正在解說如何從拔子山上來的阿光。

海拔 1,700 公尺左右，古道路旁開始出現紅檜巨木。

阿光指著樹上的火藥孔，講解「Duhulan lukis」的歷史故事。

不由得開始警戒——就算是族人，沒來過就不會認得路，萬一迷路就糟了。「跟不上前面沒關係，不可以落單，走在一起慢慢來就好喔！」一次收攏隊伍時我大喊著。

「只要不落隊，就不會發生迷途山難」是登山的鐵律。當代登山文化強調要「學會手機離線地圖定位」以避免迷路，然而工具的學習需要時間，在學會之前，跟緊認得路的隊友一起走才是最好的方法。

路過一段平緩的鞍部，才剛開始爬升，紅檜巨木便映入眼簾。我們停留在幾棵夾道的紅檜中間，其中兩株在約莫成人腰部的位置，有著明顯的工整圓形孔洞，不遠處還有一棵有一樣的洞。阿光指著這個稍不留神就會錯過的清代遺跡說：「這個洞啊，就是以前清兵開路的時候，鑽孔要放炸藥的，你看它裡面很深喔——」話音未落，他順手拿起一根枯枝，慢慢深入約莫竹竿粗的圓洞裡，不一會，只見比手肘長的枯枝已完全沒入。

阿光指出，老人家說早期開闢古道需要大量木材與石塊，於是使用炸藥將其炸開而得到建設資材。眼下紅檜身上的洞，就是當年沒有引爆所留下。「這裡叫做『Duhulan lukis』，Duhulan 意思是鑽洞的洞，那 Lukis 就是樹的意思，這裡就是『被鑽孔的樹』。」阿光分享了地名典故，解釋布農族老人家是如何應用地理特色命名山徑地貌。

下午 3：35，我們抵達了今日的預定營地，海拔 1,760 公尺的 Huhul。「Huhul」是布農族對「岩窟、石洞」的通稱，在關門古道東段，則專指這一處岩窟，是「Huhul madaingazan」的簡稱。它位於一處稜線右下方，是一面巨大的外傾岩壁，因其構造而創造出一處可以避雨的空間，成為了關門古道行者們百年來能安穩過夜的重要宿營點。我們採取東進，所以是第一夜；而從西邊來的話，就會像布農族老人家與一隊隊日本調查隊那般，都在此度過最後一夜。

我陪著走比較慢的後隊緩緩抵達。這時，稍早先到的隊友，已在 Huhul 幫眾人生好了火。只見詠恩背架剛一落地，便馬上加入分工的行列：拉帆布擋雨的拉帆布，撿柴的撿柴，整地的整地，大家十分有默契地，迅速整理好今晚要過夜的小窩。而我則和阿達、阿光拿著五個六升水袋，到 200 公尺外的稜線水源 Qatmi（原意為一種類似石菖蒲的草本植物），為大家取回三十升今晚與明早要用的乾淨活水。

## 大石洞的狂歡夜

半小時後，我們提著飽滿的水袋回到 Huhul，但眼前的景象卻讓我們愣了兩秒——強哥（林志強）手裡拿著一瓶 58 高粱，一手拿著杯子輪流斟酒給眾人，鋁架上放著拆開的鱈魚香絲，隊員們一掃濕冷的疲憊不適，歡騰地開起派對來。現年 40 歲的強哥也是馬遠部落青年，目前的工作是郵差，在 2020 年底也來過關門古道東段，這次是為了完成當年未竟的回家路而來。

「欸，我先下山吃飯，明天早上再上來喔！」梓雋哥（田梓雋）幽默地說著。在部落長大的他今年 38 歲，常來這帶打獵，也是詠恩近年踏查關門古道重要的固定班底，走完關門古道全段回到老家，一直是他心底的渴望。「我本來以為石馬哥只是來工作的，但今天我在後面一直看到他在關心那哥（那志豪），說那哥還沒有到不敢吃午餐，一直跟詠恩講說那哥還沒來，要等一下。我就有一點感動，他真的也是我們 Taki-vatan（布農族丹社群的自稱）！」梓雋哥話一說完，手上的小杯瞬間底朝天。

「輪杯」是布農族重要的社交活動。這時所有人會圍成一圈、共用一個杯子，由

Huhul 岩窟中，正在烤火烘乾自己的眾人。

一人負責幫大家斟酒後遞出，接到杯子的人喝完後，將杯子還給斟酒的人再倒入酒，接著再換下一位。如此無限循環輪著喝酒，每次都只有一小口，人愈多，愈久才會喝到一口。

藉由這樣的互動，眾人分享著同一瓶珍貴的酒，並以酒杯當麥克風，每個人都有機會成為講話的主角。這時，藉由集體意識的渲染與酒精的催化，可以提升個體勇氣，

讓輪杯的人們更加自然地交流彼此的想法、感情：以席地而坐的圓為輪廓，共有的杯子為核心，酒為催化劑，話語為媒介，透過「分享」創造出輪杯成員的參與感與存在感，強化彼此的連結。

「我開始拍片以來，走了太多老人家，真的很難承受……」累了一天又空腹喝酒，就算只是微量，也很容易讓人「進入狀況」。微醺的石馬哥想起自己作為原民台記者，在從業的日子裡看著老人家帶著記憶與文化不斷逝去，感觸湧上心頭，不禁唱起憂傷的布農古調，眾人頓時安靜地聽著、和聲著。

「今天就像內本鹿草創的時候，大家都很開心、很多情緒。」Ian 從火堆旁走來，悠悠說著多年來跟著內本鹿回家行動所見證的經歷。這時，火堆旁還有正在烤火取暖、不喜歡喝酒的隊員們。

阿光也在那裡，眉頭深鎖看著那歡騰的小派對。依據布農族傳統，遠行第一天不宜如此豪放作樂，應該要謹慎穩重。然而，想到大家都是排除萬難才踏上這期待已久的路途，在卸下重擔後不想再壓抑對「老家」的嚮往與期待，就隨大家去了，只是叮囑不要太誇張。

我沒有加入喝酒組，而是與詠恩、刀疤司一同準備晚餐。這天吃的是炒高麗菜和乾煎豬五花，主食是白飯，還有一道酸辣湯。這次隊伍準備的食物以簡單為主，大致上是一菜、一肉，加上白飯與湯的組合。「欸！可以吃飯嘍！」刀疤司掀開飯鍋的鋁箔，露出飽滿的白飯，詠恩喊大家過來用餐。刀疤司協作經驗豐富且家中務農，用登山爐與臉盆就能煮得一手香甜鬆軟的白飯，非常厲害。

用餐前，阿光帶著大家禱告，緊接著詠恩開始主持：「今天大家還在調整狀態，都辛苦了！給我們的生火組拍手一下！欸！！」感謝分工生火、搭帳、整理營地、取水的各組，不忘這一晚是由整支隊伍共同打造的美好營地後，大家這才開始依輩分高低，長幼有序地輪流盛餐。這也是族人們習以為常的就餐禮儀。

飯後，有人沉沉入眠，有人圍著火堆交流自己的故事，或討論著族語的講法。確認所有食物毫無浪費地被吃光後，我加入火邊閒聊的行列。散會後，我和詠恩一起睡在從岩壁上拉下的天幕邊邊，非常非常斜，我用胯下卡著一塊石頭，蓋著睡袋入睡，簡直像是坐在一張仰躺的椅子上似的；為的是把完整的舒服位置，留給相對不常上山的隊員，讓他們能一夜好眠，讓明天更順利。

這夜，我在木柴的劈啪聲，還有不時滴落的水滴中，緩緩走入了夢鄉。

# 第四章

## 下次不來了！1,100 公尺的噩夢

### 驚奇的早晨

「哇啊啊啊！」想不到，一早迎接我的，是人生中最可怕的登山體驗之一：腫大的上嘴唇、變形的右臉與還在滲血的傷口。那是東部中低海拔常見的吸血水蛭，台灣最兇的彩紋山蛭（俗稱七彩螞蝗）的傑作。

依稀記得，昨夜因為床位太斜而時常醒來，幾次感覺上唇右側有「一滴水」，還以為是天幕滴下的水珠，用舌頭舔一舔之後就翻個身繼續睡去。沒想到早上醒來，會是這副淒慘模樣。

一早發現嘴巴半夜遭螞蝗吸血，上唇腫脹不堪的我。

第二日早晨閃現的朝陽，金色光芒映在 Huhul 的岩壁上，燦爛奪目。

「哎唷！怎麼這樣？」連一旁正在煮早餐粥的詠恩看了，都忍不住發出驚嘆。「Vini 啊！」我氣急敗壞地回答。「Vini」就是布農語的「螞蝗」，也是我在 2020 年底，第一次和詠恩、阿達一起來關門古道時所學的難忘單字。原來，我晚上感受到的「一滴水」，是傷口滲出的血與組織液，甚至可能是冰涼的螞蝗本尊。我推測是睡得太靠近草叢，使得躲在植被上的螞蝗半夜爬來偷襲，吸飽就離開了，想到就讓人頭皮發麻。

忽然，一片耀眼的晨光打在身後的岩壁上，光線被樹葉裁成一個個圓形的金斑，燦爛奪目。頓時讓我忘卻了痛楚，眾人也同時停下手邊的工作讚嘆，期待今天會迎來好天氣。

眾人收拾天幕、打包行囊時，阿光分享著這個大石洞營地「Huhul」的故事。「這邊在以前古道啊，老人家就會說是 Huhul madaingazan，『madaingazan』就是很大的意思。當時老人家在遷移的時候，就有小孩子在這個地方……就是在路上過世啦！祂們就葬在這裡。」

阿光比劃著從古道進入 Huhul 時，入口左手邊的一個角落，分享著過去遷徙路程之艱辛。「平常上來這裡也不用怕啦，我睡這裡都第三次了呀！」阿光表示，當年丹社群從南投遷移到花蓮馬遠大概 800 到 1,000 人，分好幾次進行，許許多多族人都會在此睡上最後一夜。有些人先下去就開始種米了，當時日本人會等族人把食物準備好才真正開始叫人下去，因為屆時才有地方與資源能讓人安頓，而不致因無法生活而動亂。

「阿門。」故事結束後，大家都低下頭、輕閉雙眼，跟著阿光默禱著行程的順利。拜別 Huhul，我們不一會就抵達了昨日的取水點「Qatmi」，那是稜線上一個不起眼的草叢。然而，草叢裡竟然有一窪清澈見底的水，低調蜷縮在蕨類環繞、鋪滿落葉的小凹槽中。

阿光低頭看著池水，和我們說：

上：阿光正在分享 Huhul 的歷史故事。傳說中，有夭折的老人家長眠在其身後藍白帆布處。
下：Qatmi，稜線上有水的地方。

「老人家之前就說，來這邊尋根的話，有一個地方可以不要帶水。那時候我也是很懷疑說『怎麼可能？』，因為稜線上通常沒有水。直到 101 年（2012 年）上來的時候才知道說，這就是那個傳說中的 Bunul 啦！」『Bunul』是布農族語「湧泉」的意思，據部落耆老表示，此地平台上面有很多植物叫「Qatmi」，所以這邊就叫做「Taluqan Qatmi」。在布農族的文化中，只要可以住宿的地方，前面就會加一個「Taluqan」；像前一晚夜宿的 Huhul，也是一個 Taluqan。

「這個 Bunul，老人家有特別交代不要破壞它，因為動物也會來這邊取水，我們人跟動物就可以共享這個水源。」阿光接著說。此地的地名 Qatmi，由植物的名稱延伸而來，後來就專指「那個稜線上有水的地方」。這裡也是關門古道東段上，唯二可靠又乾淨的水源之一，過去部落的獵人們也會守在 Qatmi 附近，等待要喝水的動物靠近。

我們在這裡一杯又一杯，將透亮的池水裝進一個個六升水袋中。今日的路程很長，公水袋由壯丁自由認領；在這裡取水，意味著要比昨天多背六公斤的重量，垂直爬升超過 1,000 公尺，是場體能與意志的挑戰。我看著手中沉甸甸的水袋，也感謝其他四位毫不遲疑站出來認領的偉大隊員。重新打包後，我的背包重量來到了三十三公斤，通常只有協作才會常背這個重量。

走著走著，陽光拉開了天空的簾幕，花東縱谷穿過樹林和我們打招呼，連阿達都忍不住驚嘆:「來這裡這麼多次，第一次看到對面！」由此可見關門古道東段之潮濕，終年埋沒在雲霧之中。

### 破碎而團結

豐沛的水氣滋養了這座古老的森林，當海拔來到 1,915 公尺左右，我們又遇見了紅檜巨木，比前一日所見還要大得多，眾人又是驚嘆不已。魁梧的大樹之下，地上殘留著些許細刺苦櫧的短星刺狀殼斗，覆滿腐植質的泥土長滿了蕨類，樹幹上滿是松蘿、地衣、瓶蕨與籐蔓，舉目盡是潮濕而生機盎然。

過了紅檜巨木不久，雲霧再度填滿森林，雨也悄悄飄了下來。這時路徑開始轉為腰繞，即以平緩的方式沿山腰繞行。隨著我們前行，路跡逐漸模糊，路況也不比稜線上的古道那般完整踏實。

這時，有幾個隊員昨天沒睡好，走得非常緩慢而跟不上大隊伍；大隊伍本身也因為體能的差異，被拆成三組無法互相看見、卻能互相呼喊的小隊。在這樣路跡不明的地方分散隊伍是非常危險的事，因為只要有一個小隊沒有人認得路，便非常有可能迷途而走進雲深不知處。

所幸，每一隊都有多少認得路徑的隊員且不會再分散，在這整趟行程裡，我們也展現出一種「破碎的團結」：每當後方隊伍的回應聲愈來愈小，前隊就會自動停下等待，以縮小隊伍的間距；前隊也會不斷延長休息時間，讓最後面的人有機會跟上。雖然表面上零散不堪，但實際上沒有人真正落隊；我們把彼此放在心中，透過聲音與步伐，時刻維繫著彼此的連結。

原住民的回家行動，步調和當代盛行的休閒登山十分不同。它非純粹娛樂，但卻又接納成員關注自己感興趣的事物、討論傳統文化與環境。這樣的過程，會以緩慢的步調加深人與人、人與環境間的交流，將自己融入這個形成文化的場域。所以，以「回家」為目的的隊伍，領隊通常不會太要求體能，而會盡力照顧每一位參與的人；這不外乎是要盡可能地讓想「回家」的族人，都能有機會回到舊部落。

因此，這樣的隊伍在行進時，也會因為隊員間體能的差距，而將長度拖得很長，並拆散成多個小隊。然而，雖然這樣的隊伍型態脫隊風險非常高，但我在整趟旅程中，卻不曾看到「為了目標而趕路」的行為，反而明顯感受到「大家在一起」才是所有決策的第一順位。

也因為這種鬆散、緩慢的特性，以部落為主體的回家行程，和一般任務導向、以山頭為目標的休閒登山非常不同，都會安排得十分有餘裕，不會動不動一天要爬升個一千來公尺、走個十幾二十公里。

除了台北 101 的爬升高度 390 公尺外，以台灣的過夜百岳路線來說，玉山主峰算

離開 Qatmi 後，與紅檜巨木合影的一行人。

是最簡單的路線之一，也可以用來量化難度。玉山主峰步道的「登山口到排雲山莊」路段，爬升約 800 公尺，距離為 8.5 公里；這樣的單日爬升分量，在部落的回家行程裡已經算很多了。然而，在馬遠部落關門古道的回家行程中，第二天以及第四天，居然都需要單日爬升超過 1,100 公尺，隊員們相當於背著二十幾公斤的重量，在原始的山徑上爬完將近三棟 101 的樓層高度。

對於隊伍中平常沒有休閒登山的族人而言，這難度實在非比尋常，甚至還伴隨極端潮濕的天氣與低溫所帶來的苦痛。這種天氣、負重與行程長度，會對新手帶來非常嚴酷的磨難，萬一體能真的太差，或者處理失當，那山難還真的只有咫尺之遙。

2017 年底，我曾經帶過一團商業隊，在南二段遭遇寒流來襲，連日雨雪紛飛還颳著不小的風，寒冷異常。要命的是，該商業團在隊員能力篩選上嚴重失職，收了一個體能完全不適合走南二段的隊員，導致押隊的我每天陪她摸黑。

行程第四天，該隊員體能已經完全崩潰，不停哀求我幫她叫直升機，甚至呼吸發出哮喘音，一直到天色已暗都還看不見山屋影子。眼看已完全不可能在這種狀態下趕到原訂山屋，我只能選擇在塔芬池迫降（登山術語，指就地紮營）。

這段經歷對那位隊員而言，離地獄只有一門之隔——要不是因為我很白目地背著新帳篷想到南二段「測試」，一般南二段隊伍根本不可能帶帳篷，那麼讓這位隊員露宿十之八九會出山難。所幸隔日大晴，我們跌跌撞撞抵達塔芬山屋，接著全隊再陪著她迫降一天，才得以安然下山。每次想到這段故事，我都不禁搖頭——付一樣的錢，但大部分人原本應有的權利，就這樣在自身狀態絕佳的前提下，被不負責任的招團行為給犧牲掉了。

由此可見，登山隊伍要走得不順利，甚至幾乎出山難，只要招收「一個」不適合的隊員就可以了。這也是我不再帶一般商業團的理由之一，只要不事前針對行程選擇合適隊員，那麼登山風險將會大幅提升。

雖然回家的隊伍成員，普遍沒有多日登山經驗，但好在因為都是年輕人，加上除部落青年外，馬詠恩是採邀請制，隊員體能落差雖大，但還沒有到「長年完全不運動的中老年上班族忽然去長程縱走」那麼不堪。所以雖然跌跌撞撞、零零散散，大家的表現基本上都還在可以接受的範圍之內。

但毫無疑問地，這樣程度參差不齊、落差頗大的隊伍，對每個領隊來說都是巨大的考驗：在努力達成「全隊一起回到老家」的目標時，要兼顧安全與知性，得一肩扛起趕路的焦慮、風險判斷的責任、撤退與否的拉扯等壓力，實在是不輕鬆。

## 穿越那道敞開的大門

「Mahilav 是一段路，往北通光復，往南通玉里。因為過了這邊，南面北面都是大溪，就過不去了。」通過海拔 2,131 公尺的興魯郡山東北側，那片古道幾乎消失、需要在雜亂森林中摸索方向的山腰區域，我們來到興魯郡山西北稜上的一處緩坡地享用午餐，也聽著阿光與收攏的隊伍分享「Mahilav」的故事。

興魯郡山在此向北北東與南南西方各岔出一條長長的稜線，隱約的古道在此直直通往東南方的馬遠部落，使路徑就像左右敞開的大門一樣，因此丹社群老人家用「Mahilav」（門）的意象來為此地命名。由於這是使用譬喻法描述大尺度地形，所以 Mahilav 指稱的是這一片區域，而沒有一個精確的地標。

這樣的命名原則，比起具象的地標，如有洞的紅檜「Duhulan Lukis」這種用法，「門」更難精確把地貌的意涵傳達給沒到過現場的對象。因為它著重於描寫地理環境的巨觀尺度，而非一眼可覽遍全貌的微觀地形，更需要人與人在環境中的直接傳承。如果離開了環境，正確的位置很快就失傳了。

吃飯時，我想著方才腰繞興魯郡山時，在即將下坡的地方遇見的鋼纜。那是國民政府時代，林業在這座大山的東北面所留下的傷痕；路上所見下坡方向的巨大紅檜，全都是逃過斧斤之難的倖存者，令人不禁唏噓與珍惜。

今日攀登關門古道總共有三種方式，除了本次我們行經的虎狼山產業道路外，最完整的走法，是從最靠近馬遠的舊部落遺跡「Dastalan」（那實達社）開始走，那是關門古道東段海拔最低的已知路徑，距離富源國家森林遊樂區只有約莫 350 公尺左右的高度差。

而第三種，則是民國 80 年代，剛剛全面禁伐天然林，全台伐木道路「林道」尚可通車時，山友們發現的最快捷徑：乘著接駁車自光復上山，沿著林務局在民國 60 年（1971 年）闢建的「光復林道」，搭車至 31K 左右的位置，下車後只要往上爬升不到 200 公尺，就能接上關門古道了。

然而，由於九二一大地震與八八風災，讓全台灣的林道幾乎回歸自然，光復林道也不例外，今日僅能通車到 20K+650 的位置，讓這條路得多走上十來公里。雖然路旁是伐盡巨木後栽植的柳杉人造林，但年久失修的林道布滿了大小崩壁、無數吸血螞蝗、濕滑溪溝與茂密芒草，猶如中海拔的地獄。因此，還是從虎狼山產業道路上山較為輕鬆。

當我們接近稜線上的光復林道岔路時，清晰的關門古道出現了。平坦筆直的堅硬地面連續出現，長約 200 公尺，沿著兩座山頭間低矮的鞍部北面，平緩地向西北西延伸。

位於 Kaszoqan 的馬遠部落 Taluqan（獵寮）全景。

我們走在這平坦的古道上，左邊高起的邊坡與地表呈九十度直角，有明顯的人工痕跡。不久後，一行人抵達了馬遠青年在 2020 年底所建的木造獵寮（Taluqan）遺跡。

「調整一下、調整一下……」詠恩卸下沉重的背架，回頭示意隊伍休息。這句話也是馬遠部落的特色，想休息、狀況不好的時候，它就像暫停鍵一樣可以讓隊伍停下。

這裡是個被四株巨大紅檜從四個方位圍繞的濕軟沼澤地，濕軟到一踩下去就會深陷至腳踝，不穿雨鞋是寸步難行。2020 年底就地取材的帆布獵寮位於沼澤北方，如今只剩骨架與懸掛著的「馬遠部落傳統領域」小木牌，帆布則大半掉落一旁。馬遠老人家說此地是「Kaszoqan」，意思為「沼澤地」，也是本路線上最大最顯眼的一處必經泥淖。在阿光的分享中，我們得知這裡有充足水源，族人偶爾會到此地狩獵；動物來喝水時會在沼澤上留下腳印，獵人就可以從腳印判斷最近有哪些動物出沒。

時序接近下午，綿密的小雨飄個不停，氣溫也下降到停下太久會冷的程度，雖然大家臉上都還能有一點笑容，但面無表情的時間愈來愈多。很快隊伍告別了泥濘的

完整的關門古道駁坎（Paskikingnan）遺構，與大頭哥的背影。

Kaszoqan，通過一段長兩百餘公尺的漂亮古道緩坡，繼續向前。平坦的路面與垂直的邊坡，讓這段路有如時光走廊，隊員魚貫而行，似乎正與一位位八十餘年前攜家帶眷遷往花蓮的老人家們擦肩而過。

下午 1：50，我們抵達一處海拔 1,990 公尺的大空地，接下來的路十分陡峭，短短約兩公里卻得爬升 650 公尺；但今日到這已行走近五個小時，體力消耗大半，距離日落也只剩不到五小時了。

此時，三位女性隊員 Lili、Abus（余安琪）和理博的伴侶小瑜（李紹瑜）臉上已明顯看得出疲態，眉頭深鎖，不發一語。Abus 是卓溪鄉的布農族青年，現為族語工作者，家族長輩也來自丹社群。她的加入，全是因為我先前到玉里擔任山岳嚮導訓練講師時，和當時作為學員的她聊起，她因為想看看家族長輩口中的老家，才趕緊聯繫詠恩。

因為幫石馬哥背負器材的那哥狀態實在不好，最後一次收攏隊伍後，由 Vilian 自願與認得路的石馬哥陪著那哥，自成一支慢速小隊，讓其他隊員先行。我將無線電塞給 Vilian，並叮囑有任何狀況就隨時聯絡，便和詠恩領著大隊伍出發了。

## 遇見遙遠的清國石階

從大空地急升約二十層樓的高度後，會在一處海拔 2,070 公尺的稜線轉折點，遇見關門古道由東往西第二處明顯的清代石階群；它們就像大冠鷲展開的尾羽般，是一座嵌在稜線上的扇形階梯。歷經百年歲月的打磨，這些石階早已被草、青苔與腐植層厚厚包覆，但仍能辨識出一級一級，明顯的階梯樣貌。

第一次看到石階的隊員，都不由自主地發出了讚嘆：從沒想過，辛苦鑽了兩天潮濕寒冷的叢林後，竟能在海拔超過 2,000 公尺的原始深山裡，看見清代提督張兆連率兵開鑿留下的人類遺跡。

和人們所熟悉，擁有大量駐在所駁坎、寬大路面與酒瓶的日本古道十分不同，清

關門古道由東往西第一處明顯石階群，共約 15 級明顯遺跡。

代竣工的關門古道人為建物幾乎都消失了，「石階」、「邊坡」、「平整的連貫路跡」是關門古道上為數最多、也最明顯的清代遺構。而這些遺構，其實也十分隱晦，除了道路與邊坡本身因為森林演替、樹根破壞與山體崩塌而變得斷斷續續外，全段已發現的顯著石階群也僅有七處，位置散落在古道東段與中央山脈主脊上，中央山脈以西則完全沒有。其他零星散落的石階遺跡，不是規模很小、僅有一兩級，就是因侵蝕嚴重而模糊不清。

我們在這裡遇見的是第二處石階，而關門古道由東往西的第一處明顯石階群，則位在那實達社通往拔子山的稜線上，海拔 1,545 公尺處，有至少明顯的十五級石階，也十分壯觀。

清代開闢越嶺道路的方式多為沿稜線開闢，比起沿著等高線平緩開闢的日本越嶺道來得陡峭難行，因此多設有石階以便用路人通行。而這些石階，也成為行走其上的當代族人與歷史產生連結的最直接方式：「石階」本身是最精確的古道遺跡，它們在這座大森林中見證了超過百年的歷史，而當年往來其間的各色先人，必定也曾踏足其上。所以，當我們踩上石階，閉上雙眼，似乎就能感受到「阿祖也曾踏過這

關門古道第二處明顯石階群（Paskikingnan），位於海拔 2,070 公尺。

Atul、余安琪、鄭儀君與我等七人在老家合影。

個石階」、「長野義虎、森丑之助也曾路過這裡」，便能用跨越時間軸的具體事物，讓過去的歷史與當下的存在，建立最深刻的連結。

離開石階之後，關門古道又變得隱晦不清，我們在散生著紅檜巨木的森林中找路、跨倒木、爬陡坡。隨著海拔不斷爬升，氣溫愈來愈低，大紅檜的數量也愈來愈少。

當我爬上一處海拔 2,330 公尺的突出稜線上，發現兩株粗壯的台灣中高海拔招牌大樹「鐵杉」，猶如門神般聳立眼前，這也正是此行遇到的第一群大鐵杉。我們從這扇大門進入了更高的森林領域：由鐵杉、雲杉與二葉松主宰的中高海拔霧林帶。

穿越鐵杉大門後，我們在一處平緩窄長的稜線上休息，阿達說他和詠恩 2018 年第一次來關門古道，就是迫降在這個地方。「齁！那個風超大，我們又超濕，那個時候冷到以為會死掉哪！」確實，此地的溫度已經比平地低了十四度左右，依序到來的族人們一個個蜷縮在避風的草叢裡休息，沒有一個人的身體是全乾的。Abus 已經緊閉雙眼，面無表情，刺骨的寒風也不斷提醒著我們此地不宜久留。

在所有登山情境中，就數低溫的下雨天，最難管理體能落差過大的隊伍。除了幾近飽和的濕度帶來的水寒效應，導致臉和雙手一定是濕的以外，因為穿著雨衣登山，身體一定會反潮。只要不持續前進讓身體產生熱能，一定會因為潮濕的衣服與身體，導致體溫迅速流失、寒冷難耐。

但是，當一支隊伍前後隊員速度落差超過十五分鐘時，走得快的前隊就必須停下來等後隊；時間一長，只能不斷發抖，甚至頭痛、感冒。不說後方的石馬哥，我們先走的前隊也拉開了距離，頭尾抵達的時間差竟有二十分鐘之多，儘管時值四月，等待的時間依然凍得大夥頻頻發抖。然而，這時仍沒有一個人主動催促大家趕緊繼續走，都是默默咬牙等待後隊趕上，並等他們休息夠了，才起身再出發。

因為穿著橡膠雨衣嚴重反潮，已全身濕透的詠恩忽然開始和眾人開玩笑說之後不來了。但阿達這時說了一句發人深省的話：「你有點像精神象徵，很多人可能會看『啊詠恩沒走，那我也沒有很想去了』。」

整個布農族丹社群，目前除了馬詠恩以外，並沒有其他人在執行這樣大規模的回家計畫。而詠恩之所以能這樣不斷組隊再訪，靠的是阿公的記憶，將古道東段作為獵場的傳承，以及每次回來所獲得的感動與傳承文化的使命感。

2021 年初，我和馬遠部落青年 Atul Taisnunan（田主聖）以及幾位朋友，一起回到了他位於丹大溪流域的祖居地，Qalmut（堪姆卒社）。那時，面對埋沒草叢中的石板屋，他唱著 Matismama’ mulumaq（布農族負重回家歌）走向長輩口中的老家，情不自禁地流著淚。事後他跟我說道：「其實遇見家屋的當下，還覺得不可思議，

左：關門古道 Dosnqaz 路段，有第三處完整扇形石階（Paskikingnan）遺跡，海拔約 2,500 公尺。
右：倫太文山前最陡的峭壁之字路段，約自海拔 2,520 公尺開始，至 2,600 公尺處。

也還沒反應過來，沒想到有一天會見到阿公故事裡的住所。」那次回家，讓 Atul 感觸良多，覺得長這麼大了才回到自己的家、回去看看自己的長輩，內心滿是歉疚。

Atul 兒時常聽身為獵人的阿公分享山裡和舊部落的故事，還有阿公的爸爸是如何帶著他回到丹大、回到 Mai-asang（老家）打獵。回到真正的老家，親歷那個阿公與阿祖生活的地方之後，他對於家族、部落的認同感更加堅定，認為之後一定要讓後輩們有機會上來：「畢竟那是我們的老家，是有連結的；也更能在老人家分享時，體會到當中的辛苦，吸收到不同故事。」2021 年，他從東華大學民族語言與傳播學系畢業後，回到馬遠部落定居，成為部落文化工作者，積極學習布農族文化，以及阿公口中的那些故事。

## 筆直朝希望前進

這座森林沒有一處是乾的，掛滿枝頭的松蘿結滿了水滴，像極了一串串玻璃珠，細雨、濃霧不停的天氣與背上的重量，讓我們吃足了苦頭，無暇欣賞身旁大鐵杉與

布農丹
傳統領域
守衛隊

林中的丹社群青年。

大紅檜混生的美麗原始林。那是千百年來台灣山林最純淨的模樣，濡濕我們的水與冷，則是大自然最肅穆的一面。

海拔來到 2,500 公尺左右，稜線收窄至僅一人多寬，左右兩邊都是懸崖，路上也出現了許多不連續的石階，牢牢嵌在陡峭異常的山體上，我們小心翼翼、甚至手腳並用地攀升著。

根據阿光的口訪調查，這一帶的地名叫做「Dosnqaz」，為「指示方向」的意涵，因為這裡除了古道本身以外，已無其他路線，路徑方向明確而以此為名。在 Dosnqaz 路段海拔 2,500 公尺的一處突出稜線上，我們再度遇到了完整漂亮的關門古道石階群。此乃關門古道東段第三處完整石階群遺跡，與前一處同樣呈扇形排列且更清楚，積木般整齊堆疊的石階總共有十五級左右，還有一根枯木倒伏其上；厚厚的松針消去了石階銳利的人造線條，更透露森林的主旋律，已從巨大的檜木森林過渡到了二葉松的篇章。

「後面的很遠，要等一下喔！」「喔！」詠恩出聲提醒打頭陣的我，這時前隊八人剛剛手腳並用，掙扎著爬完最後的「大牆」，在一個小平台上休息：這是關門古道在倫太文山前最困難的一段路，在不到 150 公尺的直線距離內，需爬升海拔 100 公尺，最陡一段的坡度將近六十度，視覺效果近乎垂直。這種陡坡本來就很消耗體力，尤其對於已經背了二、三十公斤走了一整天，強弩之末的隊員們而言，更是心智與肉體上的一大折磨。這時，大家連一公分都不想走了，沒有人願意相信「再一下就到了」這句話，只有來過的幾人知道——營地真的不遠了。

此時已是 17：45，即將日落，筆直茂密的二葉松林讓天色更顯陰暗，幸好下了半天的雨已經停歇，咬牙爬上了大牆路段結束後，也迎來一段在山腰蜿蜒的平緩關門古道路跡，總算是可以稍微喘口氣。但這時仍有超過一半的隊員分拆成三個小隊落在遙遠後方，最遠的石馬哥、那哥、Vilian 更是連喊都還喊不到。

儘管營地已近在咫尺，各自帶領小隊的阿光、石馬哥也都認得路，但先爬上大牆的人們並沒有徑直走向營地，而是決定在古道平坦處生起小火堆，在幽暗的深林中一邊取暖，一邊守望著隊友們的到來。

黑夜吞噬了松林後，阿光小隊依然不見蹤影，我和詠恩開啟頭燈，在一處猶如船首的稜線凸出處，化身燈塔靜靜地等著，偶爾大喊幾聲試試，期待熟悉的聲音回應。

「欸——」「喔——欸！好陡喔！」「阿光！！」我發自內心喜悅地回喊，終於，在18：45得到了阿光、兩位妹妹與幫忙押隊的梓雋哥回應！你來我往的幾次呼喊後，四人進入了我的視線範圍，但怪的是只有一盞頭燈。直到押隊的梓雋哥出現時我才發現，原來他正在為沒有頭燈的Abus和Lili照路，怪不得速度會如此緩慢。

「啊那個……我的頭燈放在背包最底下，我以為不會用到……」爬上大牆路段後，Abus和我說，我釋懷地笑了一陣，慶幸不是頭燈壞掉，只提醒她頭燈是要放在最好拿取的背包頂袋裡。評估了大家的狀況，我決定讓詠恩帶著大多數隊員先到300餘公尺外的倫太文前鞍營地紮營休息，自己和理博等人留下來等待最後的小隊。

18：58，又過了十來分鐘，我終於看見了凸稜下方的頭燈，心中大石砰咚落地，三盞亮光搖搖晃晃出現在稜線下方的古道路跡上。「欸、這邊！」「喔！」落後的三人顯然非常疲憊，回應十分簡短，我迅速下攀邊坡，引導辛苦奮鬥的隊友與我們團聚。

漆黑的松林中，有著枯枝微弱的劈啪聲、溫暖隱晦的火光，以及三位隊員們用盡全力、好不容易到達這裡的感動與喜悅。休息半小時後，我們才懶懶地出發，沿著古道繞過幾棵大倒木，遠遠就看到了倫太文前鞍營地的火光——歷經超過十二個小時，爬升超過1,100公尺後，我們終於抵達了這個在樹林間被高箭竹叢所圍繞、雲杉所庇蔭的平坦寬大營地。總算是可以放下一切，好好休息了。

「欸？怎麼有一隻小黑熊？」到營地時，我心中嘀咕著。

「不要摸牠，牠會咬人喔！」

鑽過茂密的玉山箭竹叢後，終於抵達倫太文前鞍營地，卻立刻看見一隻小黑熊般的大黑狗在人群中穿梭。原來，隊伍在這裡遇到了來中央山脈調查山椒魚的好朋友：

勝文（鄭勝文）與柚子（林祐竹），他們正是 MIT 台灣誌 2023 年紀錄片《山椒魚來了》中的山椒魚俠侶，這隻大黑狗是他們的愛犬。已經結束調查準備回程的他們，這天下午兩點就抵達營地，並因為提前知道我們的行程，早早便幫我們撿好柴，等待我們的到來。看著大家在天幕前圍著火堆烤乾又濕又冰的衣褲鞋襪，他們倆又收走我們的水袋，迅速到營地周邊玉山箭竹叢裡的積水塘，取回了二十四公升尚稱乾淨的淡褐色水，將飽滿的四個水袋整齊排放在火堆旁。這讓我們非常感動。

倫太文前鞍營地位在一處開闊高箭竹叢邊陲，十分平坦，但樹林間不時吹過陣陣冷風。這一帶是個淺淺的樹林間小盆地，箭竹生長的範圍上方，有著開闊的天空。阿光說，丹社群老人家把這區稱作「Kaibuta」，是「沒有草」的意思，然而這與被玉山箭竹包圍的營地有些出入。在阿光的耆老口訪中也有人提到，此地過去曾有樹木遭到雷擊，被雷燒焦的木樁周邊有水源存在，勝文他們大概就是在這裡面取水的吧？

其實 Kaibuta、隔天會遇到的 Doqon（五葉松）和稍早經過的 Mahilav 一樣，都是布農族不使用精確地標，而以大範圍地理特徵作為地理位置名稱的案例。實際走一趟，會發現這裡的玉山箭竹與二葉松林，從大牆路段開始，一直交錯綿延到倫太文山頂，範圍非常廣大。因為地名無法直接指涉確切位置，要進一步確認這類地點的明確範圍，唯有跟著老人家、獵人親自走一趟，從他們的口中與指尖傳承。

我們很快把略帶腐植質的淡褐色水燒開，把沖泡乾燥飯分給每個人當晚餐。「喔……這樣就可以吃了喔？好神奇哪……」第一次吃到乾燥飯的大頭哥不禁嘖嘖稱奇。「乾燥飯」是當代休閒登山盛行的便利餐點，是減輕裝備重量、節省烹調時間與用水的首選，也是日本在 311 震災後常見的防災「非常食」。品牌價差很大，從每包 80 元到 195 元都有，大家聽見後嚇一跳。「這麼貴喔……」梓雋哥看著袋子喃喃說道。

飯後，火堆邊有人在烤乾自己，有人在檢查自己的腳是否被螞蝗吸血，有人在放空發呆。預期中圍著火堆聊天說地的畫面並沒有出現，更多的是像默默到一旁就寢的小瑜、Abus 等，因為這天實在是太累了。

勝文、柚子為了讓我們睡得舒服，另外找了其他空地紮營，把完整的營地讓給我們。當夜愈來愈深，十八人一個個自發鋪好自己的床，不用特別協調，沒有你爭我奪，每個人都自然地找到自己的位置。大家睡在連成一大片的天幕之下，橫豎並陳、肩踵相依地躺在一起，不留一絲空地。

山上的生活就是這樣，人與人之間相互扶持、包容著彼此，只需要一點點物質或不求回報的支援，便能讓受到幫助的人們刻骨銘心。尤其是在風雨飄搖的惡劣天氣裡，因為需要團結抵抗不利的外在環境，更能讓人感受到同舟共濟的溫暖與革命情感。於是隊員們透過一起經歷的苦難與分擔的責任，以及對彼此的信任和幫助，一步步建構彼此之間的深刻記憶，創造隨著時間愈發穩固的情感連結。

第三日早晨，以玉山箭竹叢間取回的「咖啡水」沖泡早餐——乾燥飯。

離開倫太文西鞍三叉營地後，古道轉往北面山體下切，眾人於箭竹叢中找路。

# 第五章

## 滌淨苦痛的冬庫蘭

**「你有去過倫太文嗎？」**

「滋嘶嘶嘶！」「哇啊！」正在賴床的我，睡意被火堆旁尖銳持續的噴氣聲和一陣驚呼趕跑，立刻跳起來衝過去查看。沒想到第三天也是轟轟烈烈的開始。正把爐頭裝上高山瓦斯罐的詠恩遇到了麻煩：罐子和爐頭不知為何無法鎖緊，一轉上去瓦斯就瘋狂噴出，嚇得他趕快把瓦斯罐丟進一旁的箭竹叢裡，但仍有些許瓦斯被火堆引燃，爆出了閃亮的小火球。之後還有兩顆瓦斯也發生同樣的狀況，瓦斯罐在箭竹叢中不斷噴著白煙，極速釋壓讓瓦斯罐上結了一層厚厚的霜。

瓦斯噴光後，Ian上前研究，很快就找到了讓瓦斯罐報銷的真兇：這款爐頭全新時，連接瓦斯罐的接口有加裝保護套。我們並不知道有那個保護套，才讓塑膠卡死瓦斯噴嘴，導致剛剛的驚險場面。前後損失了四罐瓦斯，大概是十八人一早一晚的量，所幸大家都具備生火煮飯的技能，這個小插曲並沒有為我們帶來太大的困擾，只是場面驚險了點。

今晨的禱告也由阿光帶領，大家在營地的大雲杉下輕閉雙眼，祈求今天的行程平安順利。離開倫太文山前鞍營地，很快就會遇到關門古道的第四處完整扇形石階群遺跡，位於海拔約 2,655 公尺的二葉松林中。丹社群族人稱二葉松為 Doqon（阿光翻譯「五葉松」，但實際上樹種為台灣二葉松），也是接下來一路到山頂的森林主角。

「Lili，你現在走在歷史上，走在老人家的路上。」在扇形石階上合照時，詠恩轉頭對著 Lili 妹妹說，她眼神閃亮地點了點頭，感受著自己與祖先跨越時間的邂逅。畢竟，她也是丹社群 Qalmut 社，Taisnunan 家的後裔。Lili 身上淌流的血液與靈魂，和過去曾走過這石階的老人家是一樣的。

「Mina iti tu taisan，平安！」「平安！」山頂上，眾人圍著一根方形石柱站成一圈，阿光用族語帶著我們又穿越到了老人家的世界，來到那個如畫的所在。

稍早，在雲霧圍繞的細雨中，我們穿越了以二葉松為主體，雲杉與鐵杉混生的茂密森林。讚嘆著路旁剛綻放的森氏杜鵑，忍受低溫與潮濕的不適和累積了兩天的痠痛，終於登上海拔 2,937 公尺的倫太文山。

「老人家的意思是說，天氣很好的時候，這邊就像那個畫一樣，很漂亮、很美。

Kaibuta 以上，Doqon 路段爬升中的隊伍。

上：全隊鼓掌恭喜自己登上倫太文山，完成第一道挑戰。　下：隊伍中的布農族人們，在倫太文山頂合影。

所以『Tongku』是最高點，那『Patasan』就是指我們畫圖的那個彩色。還有第二個意思就是那個『三角點』齁，就是『Patasan』，只要來到倫太文山，這個就是這邊的制高點。」Tongkupatasan 是族語的「倫太文山」，而被我們包圍的方形石柱，就是阿光說的倫太文山三角點。

然而，老人家眼中如畫的景色，雲霧中的我們無緣一覽，只有不斷的細雨和對洗澡的渴望，驅使我們趕緊朝今日目標：馬太鞍溪底出發。阿光拿出前天老人家勉勵的話提醒大家，覺得累時，記得抬頭觀望一下四周，轉換心情：「感謝大家齁，我們一起努力來到這裡，大家為自己鼓掌一下！」在一陣熱烈掌聲後，我們在倫太文山的三角點上留下了自己的身影，梓雋哥還因為這三天來走得太辛苦，開玩笑說：「以後回馬遠要嗆人，第一句話就可以問他：『你有去過倫太文嗎？』」逗得大家哈哈大笑。

倫太文山後的路徑，就是不斷的下坡。會先下到一處海拔 2,700 公尺鞍部的三叉營地，然後再沿著山腰不斷向西繞行，最後沿著一條西北向的大稜線急遽下降到海拔 1,820 公尺的馬太鞍溪底。這樣差不多是在 5 公里左右的距離內下坡 1,100 公尺，陡峭之外，也幾乎把前兩天爬升的高度都給還了回去，實在很不甘願。

走在晶瑩剔透、掛滿松蘿的二葉松下，我們穿過一段明顯的關門古道路跡與整齊的邊坡，接著進入一片玉山箭竹短草原。忽然，一隻公帝雉從我眼前咻地跑過，牠那一身深邃的靛藍，與霧靄中也難掩貴氣的黑白條紋長尾巴，是台灣霧林帶最美的明星。

10：55，我們抵達一處草原窪地與樹林的交界，在樹林中有個橢圓形水池，池底滿是各種動物的足印。阿光示意大家到池邊集合：「這裡叫做 Vieqes，早期這是一個狩獵的地方，所以老人家祂們經過的話可以在這裡休息，再過去就是下到 Tongqolan 那裡了。」Vieqes 指「過夜之地」，早年馬遠部落的獵人仍會到關門古道東段狩獵，如台灣山岳文學經典《丹大札記》中就有記載到，1988 年 1 月 31 日，台大登山社的關門古道東段踏勘隊伍，遇見了只會說日語和族語的 78 歲老獵戶。

大家可能很疲倦了，又為了放鬆心情不斷環顧四周，儘管 Vieqes 之後是無盡的下坡，但行進速度依然快不起來。前隊依然要不斷在冰冷潮濕的森林中停下，等待好一陣子讓落後的隊伍到齊；直到這時，我仍沒有聽過前隊的一絲抱怨。這和當代台灣登山隊伍型態中，出事機率極高的「網路自組隊」大難臨頭各自飛的風格迥然不同。

「網路自組隊」是台灣在約莫 2015 年左右，拜社群媒體發展而開始出現的新登山模式。許多找不到朋友一起登山的民眾，為了節省來回山區的車資，而上網徵詢陌

離開倫太文山，沿邊坡明顯的關門古道往馬太鞍溪谷前行。潮濕的森林掛滿松蘿，地表鋪滿苔蘚，展現台灣中級山豐滿的生命力。

生人一起爬山。然而，這樣的隊伍彼此互不相識，往往上了車才第一次見面，且每個人都以自我為中心——為了完成自己的目標而來。因此，在極度缺乏團隊意識的狀態下，時常發生快的不等慢的、登山口解散山頂集合、完成一趟縱走結果還是不知道彼此名字的狀況。這種因社群媒體力量、以節省金錢為目標而出現的冷漠組合，因為隊員彼此互不關心或能力不足，只要天氣或路況不佳就容易出事，是為台灣山難數字貢獻最多的危險存在。

我們在 Vieqes 下方不遠，倫太文山西方一處海拔 2,696 公尺的鞍部收攏隊伍、大休息後，便離開稜線，鑽進耆老交代「很容易迷路，要小心」的「芒草堆」裡（實際上是高密度玉山箭竹叢），開始往山腰下降。

## 深溝、古道、大樹，無盡的下坡路

山腰間的古道斷斷續續，不時出現平坦的路與邊坡，但馬上又被茂密的雜木與箭竹叢掩蓋。隨著海拔降低，消失好一陣子的紅檜們也悄悄現身。這片森林的每個角落都長滿了苔蘚，松蘿也依然如串珠般妝點著枝椏。我們小心翼翼爬下一個比一個大又深的溪溝，再掙扎著爬回下切前的高度。我們就在這攀上與下降之間，仔細尋找任何可能的平坦延伸路徑，因為古道在這裡已經既破碎又模糊，十分難辨，一不注意就會跟丟迷途，誤闖水鹿闢出的崎嶇獸徑。

「那是古道嗎？」我們在一處散落著巨大石塊的溪溝中跟丟路跡，我對著正在上方找路的 GG 大喊，這是個連老手都得放慢速度仔細判斷的地方。一陣努力後，我們找到了山腰上疑似古道的好走路徑，吆喝隊員跟上。這種有許多新手的隊伍，找路決策不能像老手隊伍那樣隨心所欲，必須考量隊伍中經驗最少的人是否能承受前方的路況，是否需要旁人指點輔助，因而消耗大量時間、提高登山風險。

接下來的路依然在山腰間繞行，一直很不好走，甚至有些橫臥路上的巨大倒木，需要整個人像無尾熊一樣趴上去、緩慢移動到另一面才能接上路徑。而在翻過倒木的同時，腳下就是深不見底的山谷，令人頭皮發麻。這種地形只能一個人一個人慢慢過，所以這段路消耗了我們大把時間。

下午三點，我們抵達一處平坦的小溪床，大家安靜休息著。我看了看時間，沉重地開口：「詠恩，這個速度這樣下去不行，一定會摸黑，而且摸很黑！」他點了頭，用犀利的眼神回應我，馬上大喊：「還有誰可以背的？」話音剛落，幾乎所有前隊的人都把手舉了起來，和無神的表情形成強烈對比。

這時我才發覺，原來狀況好的人這麼多，而且都願意忍著低溫濕冷的不適走走停停，只為了讓後方的「家人」有更多休息時間。在真的有困難時，更是毫不遲疑地伸出援手，沒有任何「你們怎麼這麼慢？」的責難。大家像搶飼料的錦鯉般往三位女生的方向走去，開始瓜分她們背包裡的東西，好像慢了就拿不到一樣。我從 Abus 那裡拿走兩大條沉甸甸的鹹豬肉「Silau」，那是詠恩親手醃製的布農美食，只需要把豬肉擦乾，抹

上：山腰間的路，時而接上真正的關門古道路廊。圖為古道上的梓雋哥。
下：往馬太鞍溪底的山腰路有無數溪溝，圖為下切小乾溝後續行的隊伍。

阿達正通過古道上一巨大紅檜倒木所形成的樹洞。

上大量的鹽巴並隔絕所有水分，熟成一週就完成了。

調整完畢後，隊伍速度果然提升了一點，這時關門古道也逐漸明顯了起來。可以感覺到我們正走在一個寬大、平坦的隱約路廊上，大樹距離路徑都固定有一段間隔，且不時還會看到清代的邊坡與石階痕跡，以及雜木林間愈來愈大的紅檜巨木。

忽然，我們被一棵倒在古道上的巨大的紅檜截斷了視線，樹幹與地面形成一個巨大拱門，隊友魚貫穿越，就像闖入桃花源似的。此時氤氳的霧氣輕柔包裹著我們，細雨在不知不覺間停歇，路徑也愈來愈好走，感覺山愈來愈和善了。我們背著重裝，幾乎用普通登山者的兩倍速，在一個半小時內急速下降了海拔 580 公尺，眾人無不把握每次休息時間搓揉膝蓋，年方半百的大頭哥更是高喊吃不消。

在海拔約 2,220 公尺的寬大古道上，我們又遇見一處規模不小的關門古道石階遺跡。這是古道上第五處完整石階群，比起前幾處，顯得較為圓潤隱晦，約莫有十級左右，路寬約 3 公尺，十分壯觀。這段筆直朝向馬太鞍溪下降的關門古道因為太過好走舒服，被我們戲稱為「高速公路」。比起稍早在山腰間繞行、找路、跨倒木的噩夢，這段路簡直是讓人身心放鬆。

隨著海拔下降，巨木愈來愈多，這裡的紅檜原始林又大又美。1902 年曾經來此調查的日本人平田猛，形容這片倫太文山西北面的森林為「千古斧鉞未入的大森林」；而 1910 年跟隨調查隊一同前來的人類學家森丑之助，也證實了馬太鞍溪底一帶就是本區檜木分布的核心區域。

此時此刻，我們正和丹社群老人家們、來自日本的人類學家們，一同欣賞這片台灣最後的原始檜木林之一。巨大的紅檜不時出現在雲霧之間，用高壯的身姿端詳著這群過客，百年如一日地送我們離去。除了石階，我們也接收著來自紅檜的古老記憶，並讓它們用時間凝結而成的軀幹，為我們保留這份相遇，再給予下一個循著足跡來此的人。

## 聽見家的聲音

古道靠近溪底時，就不再是直線前進了。我們迂迴繞行十來處的「之字彎」後，距離馬太鞍溪底只剩 100 公尺，時間是下午四點半；大家前前後後走在一塊，隊伍不再破碎，眾人笑逐顏開。

「嗶——」忽然，一聲巨響劃破寂靜。「那個水鹿是公的。」扛著愛槍的 Vilian 馬上篤定地說，好像聽到小孩嬉鬧時隨口叫出名字。「你怎麼知道？!」「你就想，男生有喉結，女生沒有啊！所以公的聲音比較厚。」「太誇張了吧！」「矮（擬聲語助詞），聽久就知道了！」從小跟著長輩出入山林的 Vilian，小小年紀就累積了非常扎實的傳統布農狩獵與山林知識。

前兩天他都在營地照顧大家，從馬太鞍溪底開始，Vilian 才真正開始發揮他的長

通往馬太鞍溪的下坡路段中，關門古道由東往西第五處完整石階(Paskikingnan) 遺跡，海拔約 2,220m，可明顯看見一級一級的構造。

才，讓我見識傳承完整文化的布農族獵人，是用怎麼樣的方式、心態與山林互動。

「他在找蚯蚓，就這樣挖挖挖……這大概上禮拜的。」走著走著，Vilian 忽然看到地上有如被犁耕過的土坑，那是山豬為了找食物刨過的地面，他靠著土壤顏色與落葉量，推斷山豬挖洞的時間。「你看，這是山豬抓癢的痕跡。」又走了一段，他隨手指了路旁一株小雜木，樹幹上長滿絲狀苔蘚，卻在人的膝蓋以下被刮得乾淨溜溜。

Vilian 說山豬數量很多，只是白天不好遇到，一般都是放陷阱抓；真正的獵人應該要能透過這些痕跡，來判斷這座森林有多少動物可以拿，而不是只會拿槍就打。「看久了就有答案。」他簡短回答，體現的是長期在山中累積的大量經驗，以及代代相傳的布農智慧。

## 記憶砌成的石階

這位小獵人讓我想到美國的「追蹤師」。著名作家湯姆・布朗（Tom Brown）以《追蹤師》系列文學將美國阿帕契族的傳統智慧發揚光大，在1978年所創辦的追蹤師學校紅遍全球。而我也在關門古道這條百年山徑上，看見了源於這座島嶼的文化，所孕育而出的「追蹤師」。

其實，「追蹤」乃掠食者為了生存而發展出的技能，只是人類在步入當代社會後將其忘卻了而已。無論是布農族還是阿帕契族，都在各自的土地上，承襲來自其祖先與環境、其他生命體互動所累積的智慧，繼續將人以一個掠食者的角色，編入生態系這張綿密的大網之中，成為狩獵文化的根本。

「磅——！」硝煙瀰漫在指向樹冠的槍口周圍，轟鳴的巨響迴盪在紅檜與台灣杉巨木頂天立地的軀幹之間。即將抵達馬太鞍溪底時，詠恩請Vilian對空鳴槍，那是布農族的到家儀式;除了出發以外，在即將到家前，也會用槍聲告訴家人、老人家們，我們回來了。

關門古道抵達馬太鞍溪底的所在，在清代設有「營盤」，即開路清兵或工人住紮的地方，在上河文化出版的《高山百岳地形圖14：七彩湖六順山》中，被標示為「神木營盤舊址」，海拔1,822公尺。然而，神木營盤遺跡的確切位置模糊，僅在鄭安睎老師的《重返關門：踏上布農丹社歸鄉路（下）》一書中有約略描述，在一處稜尾「有七株超過15公尺高的紅檜所圍成之營盤址」。我們所紮營的廣大腹地周遭，確實約有七株巨大的紅檜與台灣杉，但我們並未看見顯著遺跡。

此地布農族語為「Tongqolan」，音譯「冬庫蘭」，意思是「中午太陽會照進來的地方」。因為此處是個南北縱長的深谷，東西兩側皆是高度超過1,000公尺的巨大山體，陽光只有正午左右才得以直射而得名。但為何Tongqolan明明沒有部落，我們在抵達前卻也會進行到家的鳴槍呢？

原來，這裡自古以來都是整條關門古道上最重要的中繼站，整條古道唯一有著溪流活水源的夜宿點。因此，在歷經翻越大山的磨難後，Tongqolan就成為了可以好好休息整備、暢飲甘泉，甚至跳進河裡洗去一身髒汙的桃源天堂，沒有任何一支隊

關門古道第四處完整扇形石階(Paskikingnan)遺跡，海拔約2,655m。

伍會跳過這裡。

早在百餘年前，關門古道仍是丹社群族人的獵路時，Tongqolan 就一直被作為營地使用著。其後，關門古道興工時的清兵、來往的日本調查隊，以及昭和 8 年（1933 年）從南投丹大遷徙至花蓮馬遠的丹社群族人們，再到沿著祖先的路回來打獵的馬遠部落長輩人們，全都曾經在這裡有過自己的夢。因此，承載著無數靈魂的餘溫，代代使用者身影交錯而寢的 Tongqolan，其地位自然有如長輩們曾生活著的家一樣，尤其令人放鬆與安心，族人們也相信這裡住著許多「老人家」。

「哆欸嘿呀——哆喔喔——喔、喔喔喔——嘿——」詠恩領唱著將到家時必定會響起的 Matismama' mulumaq，眾人齊聲應和，歌聲迴盪密林之間；鑽過幾棵倒臥的巨大紅檜，我們總算在最後一絲陽光消逝之前，走進了這馬太鞍溪底的巨木天堂。

這裡的營地廣大平坦，地層的抬升讓這處曾經的河床成為山裡罕有的平地，厚厚的腐植層淡化了這處高位河階上的大小起伏；幾棵粗壯巨大的紅檜、筆直高聳的台灣杉聳立在營地四周，以自身的存在實證這片森林千年來的安穩靜好；注視著百年來的旅人們，傾聽他們言語各異的夢。

左：被山豬用來抓癢過的樹幹基部，因為摩擦導致苔蘚被除得一乾二淨。　右：抵達 Tongqolan 前的鳴槍祭告。

## 再見巴羅博，預備日的抉擇

今天的抵達禱告，大家眼睛閉得特別緊。從葉梢落下的水滴，彷彿台灣杉正摸著我們的頭，和藹地說：「平安就好，歡迎回來。」在一陣幾天來最震耳的如雷掌聲中，我們感謝老人家一路上的照看與自己的努力，開始分工整地、砍柴生火，打點今晚的家園。

煮晚飯時，詠恩、阿達神情嚴肅地找我討論接下來的行程安排。這三天實在太累了，如果照原計畫走，隔天要再爬升陡峭的 1,100 公尺真的很硬。而且一些人的狀況已經很不理想，怕隔天勉強上中央山脈會有人受傷，因此希望能調整後面的行程，讓我們在 Tongqolan 多留一夜。

此時我也看到眾人已難掩疲態，因此在確認糧食分配與前一天收到的天氣預報後，我判斷天氣正在逐漸變好、多休息一日回復體能與精神狀態，有助於面對和倫太文大牆一樣硬的「中央山脈大牆」。於是便同意迫降的決定，消耗原本安排探訪 Palub（巴羅博社）的預備日，並將最後一日的路徑，改由丹大溫泉上攀，經原本沒有計畫要到訪的 Qalmut（堪姆卒社）接回丹大林道。

「預備日」是指在長登山行程中，在行程內最硬的日期後多安插一天原地停留的日子，或者在行程後預留一天起來。這種安排常見於超過七日的隊伍，因為山區的天氣變幻莫測、人員狀況也隨時在變動，因此會希望多留一點時間，以便應對任何緊急狀況，讓行程調度保有餘裕，不必為了趕路下山而冒不必要的風險。

雖然我心中也暗自竊喜可以休息一天，好好欣賞這片壯闊的紅檜－台灣杉高山溪谷，親眼見證當年丹社群老人家們、長野義虎、森丑之助所看見的原始大檜林；但這就代表，往後沒有預備日可用了，每一步都要更加謹慎。

新手隊伍因為狀況比較多，且體能與經驗尚不足以承擔過大風險，一般而言不太會在沒有意外的狀況下輕易啟用預備日，壓縮行程後半段的容錯率。不過，由於我們有攜帶衛星電話能即時調度接駁，加上因為大家普遍疲憊、經驗不足、隔日行程又硬，因此在最舒服的 Tongqolan 啟用預備日，也是此時最正確的做法。

一宣布明天睡到飽時，大家發出了來自靈魂深處的歡呼。隊員們臉上綻放出無比燦爛的笑容，讓原本安靜的溪谷頓時充滿了生氣。儘管迫降代表行程不順利，但是在這瀰漫林間的歡愉之中，可以深切感受到這支馬遠回家隊伍的核心價值，不是「成功執行一個大計畫」，而是大家一起平安快樂地「回家」。

**老人家的餽贈**

飯後，眾人齊聚天幕下烤火、飲酒、聊天，檜葉滴落的水打得天幕滴滴答答，劈啪的木柴爆裂聲晃動著映照在人們臉上的火光。幾圈輪杯下來，大家臉上泛著不知是火或是酣暈的紅，這時我注意到 Vilian 正走出天幕，便開口搭話：「欸，Vilian，你要去逛夜市（族人對於打獵的暱稱）了嗎？」沒想到，他臉色一沉，輕輕嘖了一聲，靜靜走回來。

Vilian：「我們布農族打獵，都是安安靜靜地出去。打獵前不可以講要打什麼，不可以跟別人講話，其他人也不可以問他要去哪裡，這有 Samu（禁忌）。」

對布農族狩獵文化一知半解的我，沒想到一開口就正中禁忌，好是尷尬。這個插曲，也反映了過去政府曾推行的狩獵管理制度：「要求族人上山前需要先登記預計狩獵的物種甚至數量」，與傳統文化有多大的衝突，竟要把連講都不能講的禁忌，白紙黑字寫出來。

幸好，現在這個制度已經得到適度的修正，改為事後報備即可。林務局近年來對於原住民文化與森林共存的努力，由此可見一斑。

回到座位後，Vilian 從懷裡掏出一節尾段相連的剖半箭竹。接著，他雙手合十，把箭竹夾在掌心，洗手一般「唰唰唰」地前後搓動後，用嘴巴抿著開岔端吹氣，發出「嗶、嗶」的聲響。那尖銳的高頻短鳴，活脫脫就是水鹿的叫聲；此外，還能發出如山羌求救的哀號等，栩栩如生。

「這個叫『Duanin』（羌笛）。」Vilian 一面介紹羌笛，一面說起教他狩獵的長

2020 年底，詠恩、阿達與一眾馬遠青年來 Tongqolan 興建的 Taluqan（工寮）骨架，兩年後仍屹立不搖。

在 Tongqolan 炊煮的場景，頭燈投射在蒸騰的煙霧上，十分迷幻。

營地旁的馬太鞍溪深潭，水色清透猶如藍寶石般深邃。

輩本來不想教他，他只能把學習的想法放在心底。當長輩終於想傳授的時候，也沒多說什麼，就叫他找來一百支粗細相當的箭竹。長輩挑出幾支之後，把其他都丟進火堆，說：「這些都不能用。」讓 Vilian 看傻了眼。跟布農族長輩學技能，就是這麼直截了當。不過他也說，他還沒完全參透 Duanin 的精髓；真正的獵人，應該要做到只用嘴巴抿著，就吹得出各種聲音，才能在把獵物吸引來時，直接以雙手瞄準開槍。

各種幽默的調侃與輕鬆的話題迴盪在溪谷間，讓火堆邊的歡笑成為旅途中最讓人放心與溫暖的時光。但如此豪放的笑聲，不知道會不會嚇走營地周邊的野生動物？讓剛剛我從眼角餘光瞥見，默默走出去的 Vilian，要到更遠的地方才能拿到「老人家的給予」。

「磅——！」「哎唷！有餒⋯⋯」「太快了吧？!」沒過多久，Vilian 用足以壓過溪水唰唰聲的槍響，激起一陣驚呼、也打消了我的疑問。

在當代網路社群討論人與環境互

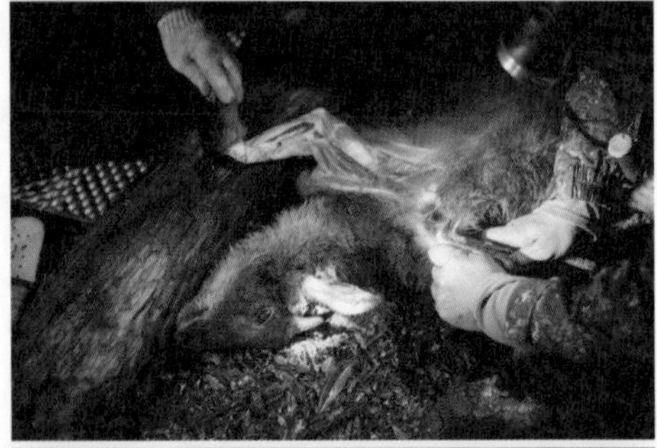

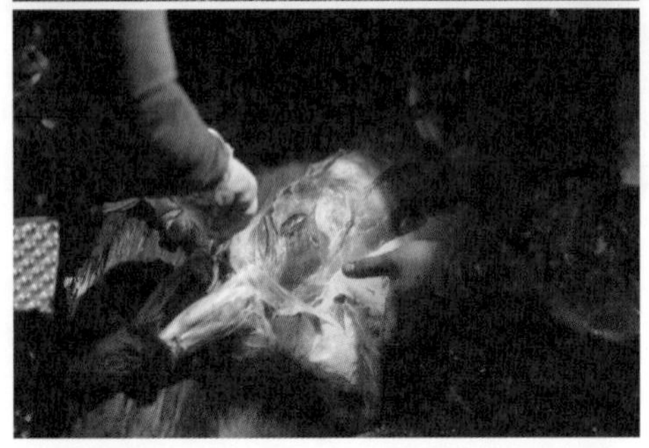

1. 第三個晚上，Vilian 出門沒多久，就帶回漂亮的山羊。
2.Vilian 回營地後，馬上開始分解山羊，美工刀是很好用的剝皮工具。
3. 去掉皮毛後，愈來愈像一般人熟悉的肉品。

動的過程中，很常見所謂的「打擾」一說，認為人只要進入山林，就會打擾到野生動物，所以人不該入山。然而，那只是都市人主觀地將自我情緒帶入環境中的擬人推論罷了，是不是真的有所「打擾」，則是要觀察環境與其他生命對人類行為的反應才能證明，不應由人主觀帶入。族人們知道有人出去打獵，依然在營地放肆談笑的場景，說明了一切。

雨勢已歇，只剩枝葉上的水還在滴落，一股氤氳漸漸漫進了營地四周，氣溫有點低。我起身到漆黑的溪邊透透氣，看看幽暗的森林，當我凝視著煙霧瀰漫的水面時，忽然對岸樹林閃現一絲白光。「喂——這邊——」我把頭燈亮度開到最大，扯開嗓門大喊，但沒有得到任何回應；只是那道白光的行進方向，明顯開始往我這邊偏了過來。那正是 Vilian 的頭燈。

不久 Vilian 便出現在溪邊，我踏進沁涼的溪水，把手伸向他拖在身後的那團毛茸茸物體，掌心瞬間感受到微微粗糙的柔軟毛髮與暖暖的體溫。不到半小時前，這隻台灣野山羊還站在陡坡上咀嚼嫩葉，忽然看見樹林間出現亮光，緊接著是一聲巨響與隨之而來的劇痛。驚嚇之餘，溫熱黏稠的血不斷帶走愈來愈模糊的意識，讓牠逐漸成為沒有靈魂的軀殼。

在這個食物資源被嚴重除去生產脈絡、徹底商品化的世代中，我們幾乎沒有機會觸摸寵物以外的溫體動物——尤其是食物。這

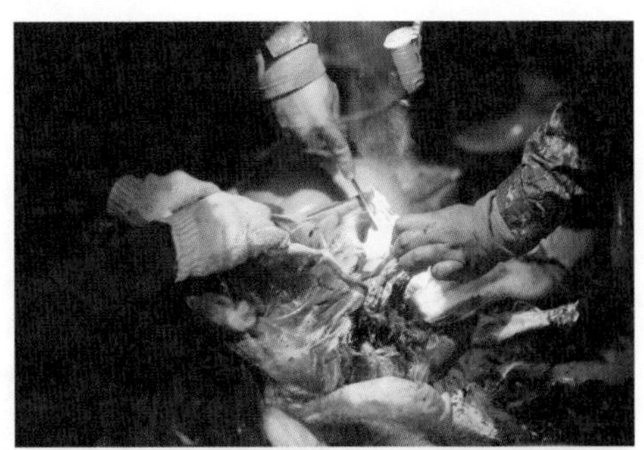

4. 打開腹腔，準備處理山羊內臟。

5. Vilian 在每一個上好的部位、內臟都割一塊肉下來，做成小肉串。與酒一起祭告「老人家」，感謝祂們賜予我們溫飽、感謝祂們的包容照顧。

Tongqolan 營地附近胸圍最大的紅檜巨木。

個現象，也讓現代人愈來愈不珍惜食物，總是貪得無厭地吃下遠超過自己所需的分量，再來煩惱如何減肥，甚至恣意浪費。而現在，我手中沉甸甸的重量與毛茸茸的手感，正是所謂食物最原初的樣貌，血液尚能流動、還未凝固的模樣。

「啪！」一聲，這隻成年的母山羊被放在天幕下，熱烈的掌聲與歡呼後，是大家情不自禁的讚嘆。「哎唷，好漂亮的羊！」大頭哥誇讚著。「這個，這個舌頭在左邊，表示之後還有！」阿達開心地說。在獵人放下獵物時，獵物會自然往一側偏躺，舌頭會因肌肉放鬆而從嘴巴裡掉出來，布農族便用這個畫面占卜之後的狩獵運勢。

Vilian 說，當時他在一面山坡上，上方有一隻水鹿，下方山壁則有一隻山羊，兩隻動物的距離與難度差不多，但他選擇了比較小的山羊。因為這個分量剛好夠我們吃，不用把剩下的肉背著走，就不會對後天的陡上造成負擔。這是傳統獵人「夠用就好」的精神。沒有「打愈多愈好」的心態，而是選擇能力範圍與需求所及的個體，是一種由內而外的永續文化。

然而，Vilian 也感嘆表示，由於當代的野生動物多半已被資本主義標價，那種「有需要再到山裡拿」的態度逐漸淡去，「夠用就好」的傳統思維，其實也正在漸漸消逝。

狩獵文化也體現出了布農族傳統文化與資本社會根本上的不同。過去的部落生活，因為食物保存困難，拿太多也是爛掉，所以人類無法將過大的欲望投射在難以保存的資源上。然而，資本主義社會因為能把會腐敗的資源，轉化成可以輕易保存、累積與轉移的「資本」，因此雖然促進了資源的流動，但也無可避免地塑造出了「愈多愈好，反正用不到的可以先存起來甚至投資」的心態。以這樣的心態走入山林，不僅與多數原住民族傳統文化大相逕庭，更無可避免地將在大量獲取的過程中，深深傷害脆弱的自然環境。

### 用感恩的心，把動物變食物

「剝皮還是這個最好啦！」Vilian 拿出一把美工刀，駕輕就熟地俐落割下整張山羊皮，大概就泡一碗泡麵的功夫而已。大家很快就開始解剖山羊，一邊剖還一邊嘟囔這麼大隻。一切開腹腔與肋骨連接處，打開肚皮便能馬上看見撐得像大氣球一樣的灰白色胃，還有因為塞滿草糜而顏色暗綠的腸，族人徒手把內臟抱起、翻進一旁的鍋子，「啪啦！」一聲就裝滿了。

處理屠體的過程，其實跟「血腥」扯不太上邊。因為除了切開筋肉時會淌流不多的紅色液體外，基本上內臟都是一鼓作氣完整地用手取出，再到一旁慢慢翻洗。先把胃、肝、腸這些最大、占據腹腔最多空間的臟器拿走，再來是那些胰、腎等比較小的腹臟，最後才是肺、心兩個躲在肋骨之下的胸臟，而大部分的血似乎都還留在臟器與肌肉之中，並不會濺得到處都是。

真實的宰殺，沒有分解以外的多餘動作，比起影視作品或者一般想像更加沉穩、低調。且過程中，剛剛明明還在飲酒喧鬧的族人們，全都圍了過來，表情嚴肅、不發一語地幫忙處理著這份「老人家的給予」。這是他們看待獵物的方式，狩獵成果是因為有先人的肯定和施予，將人與環境連結起來，而非以個人的角度解釋每一次的收穫。

這時，我注意到 Vilian 一邊處理，一邊從各大臟器上各別割下一小片——心、肝、肺、腎、腰內肉……全都是動物身上最上等的部位，然後將這些約莫手錶錶盤大小

正在祭告的 Vilian。

新鮮的山羊肝沙西米。

的切片，一一串在一根削尖的樹枝上做成肉串。串好後，他逕自起身離開天幕，往營地一隅走去，用眼神示意我可以拍，但不要跟他講話。

他走到一個小土坡旁，把肉串插在地上，並倒了一小杯酒，口中虔敬低喃著族語，雙眼似閉非閉。他在祭告，感謝老人家的給予、感謝祂們在這個營地對我們的照顧，並且感謝祂們對我們叨擾的包涵。這是布農族傳統文化中，狩獵收穫後最重要的儀式，獵人會獻上山裡最珍貴的資源：肉與酒，將自己的心意與感謝，用最真誠直接的方式，分享、傳達給先人與土地。

等我們回到天幕，「羊」已經變成了「肉」。羊失去了牠的形狀，擺脫了生命的姿態，經歷最為人所害怕的「介於生命與非生命之間」後，成為會勾起一般人食欲的「肉品」樣貌。

在 Tongqolan 的夜色裡，我參與了這個生命的質變，加入從生物到食物的轉化程序，完整經歷人類從大自然中獲取食物的過程。若將每個環節拆解開來，只看頭和尾，那麼我們便是非常戲劇性地「吃掉了一隻可愛的羊」。但若從生態系、傳統文化的角度出發，便不會將這個過程以「殘忍」、「可怕」甚至「噁心」來形容。因為除了感謝與認真以外，成員間沒有表露出多餘的情緒，又或者說，這氣氛會讓人自然而然地放下嬉鬧的念頭。

以傳統狩獵方式獲取食物的每一個環節，都充滿了意義；動物身上的每一個元素，也都有其用途。我們正從山林間汲取生活所需的動能，從一條生命中繼承血肉的流動，讓我們能繼續行走。這，便是一種人與自然最直接的連結，以尊敬與感謝的心，透過細緻永續的方式，獲取維持自己生存所需的能量。

「欸欸，來吃山羊肝喔！」Ian 熱情拿著 Vilian 剛切好的血淋淋山羊肝佐鹽巴招呼大家，族人們人手一片，當作生魚片吃得理所當然，只有我和阿美族的江相沒嚐過，眉頭稍微皺了一下下。江相是來自花蓮安通一帶的阿美族人，目前為部落工作者，平常也經營安通古道旅遊體驗；這次參加，無非是想看看和阿美族「舊部落就在隔壁」、截然不同的「遙遠布農老家」和人家的古道是什麼樣子。

這是我第一次吃山羊肝沙西米，現殺現切，抹點鹽巴即可入口，十分簡單，只是

傍晚仰望 Tongqolan 營地旁的台灣杉樹冠層。

活山羊取得困難。這道菜確實看起來令人懼怕，但由於是人家盛情款待的傳統美食，秉持「他們可以吃我也可以」的心情，以及「健康的生物體內只有益菌」的生理學認知，我抓了一塊不大的切片放入口中。

首先感受到的，是鹽與血的鹹味提鮮，在牙齒咬下的瞬間，肝的咀嚼感有點像豬潤（豬肺）一般軟脆，組織更像一顆顆懸鉤子般爆開；隨之溢出的，是一股帶著奶油感的清爽甜味，隨著舌頭的翻攪充滿整個口腔，愈咬愈香，還有一股奇妙的油潤感。嚥下後，那個濃郁的油甜香氣仍填滿口中，久久不散，卻不會讓人不適，令人回味。而羊的羶味、野生動物的腥味等，更是一點點都沒有，著實是次難忘又精彩的生食味覺體驗。

火光搖曳，人影逐漸歪斜，剛烤好的山羊肉鮮嫩可口，無須過多調味即可醉人。那哥已不支側躺在瓦斯罐堆上，鼾聲也從隔壁陣陣傳來。詠恩把羊肉放上燻烤架讓文火慢烤，這是傳統方法，會讓肉漸漸乾燥，有效延長保存時間。

這時，大頭哥已酒過三巡，雖然步履蹣跚，但心情不吐不快：「我生命中五十年，我想說，我可不可以，讓我的生命中，回到自己？」大頭哥頓了一下，繼續說：「人家說，欸，你是 Taki-vatan，我說對，我是 Taki-vatan 的。人家說欸，你是Tanapima（大頭哥的姓氏）的，我說對。所以我就想說，我要堅持這個，我會努力，堅持（回到名字出生的地方）。」

這次大頭哥可是為了親眼見證自己的老家，辭了職、得到妻兒的支持才能和我們一起來，因此情緒一直都十分澎湃。我們都知道，不勝酒力的他並不只是因為愛酒本身，而是有太多的感動與開心，需要管道來宣洩，酒精則成為了此刻最好的催化劑。強哥攙扶大頭哥回去睡覺後，營地歸於平靜，我也帶著搖晃的腦袋，聞著柴火與馬太鞍溪的味道，闔上雙眼，與頭頂的大台灣杉分享我的夢。

### 正午太陽照耀的地方

「喔……老天……」旅程第四日，我在太陽穴的刺痛中睜開眼睛，頭好像被台灣杉刺刺的葉子扎到一樣，整個人也有一點悶。昨天不小心跟著大家喝太多，幸好傍晚惱人的小黑蚊不知道消失到哪去了。遠方傳來石馬哥與阿光的聲音，他們在聊族人的故事，天幕透出的藍光下，Abus、Lili 和小瑜正振筆疾書，想把路上的故事都記錄下來。

我離開睡袋，湊近火堆旁，正好輪到阿光分享：「高山部落那邊，很多布農族的乾爹都是外省人。因為那些老兵老了，國家不重用他們了，就把他們送到山上種田養老，和布農族一起生活。」他說，以前布農族人從丹大遷來花蓮後，有些人住到了花蓮自強外役監的後面，就在大農大富平地森林園區的東南方一隅。

聽到這個把退伍老兵送到山區屯墾、和原住民一起生活的故事，讓我想起梨山地區的榮民，如已逝歌手張雨生的外省軍人父親，隨著泰雅族母親回到松茂生活，以及許多命運相似的老榮民與原住民故事。他們都是從國共內戰後的中國，跟隨著寄託希望的國民政府來台，最後扎根在這片土地深處，成為來自遙遠地方的「家人」。

上午不知道幾點，吃完一碗由一夜未滅的炭火所熬出，鮮甜有嚼勁的羊肉湯，與剛起鍋的炒羊雜後，我獨自信步沿馬太鞍溪畔往上游閒晃。

丹大山，是日本在台灣最晚進行地圖測繪的深山之一，中央山脈主脊從那兒往東北忽然分岔出一條巨大的稜脈，形成了我們前三天拚命翻過的倫太文山。而馬太鞍溪，便是發源於中央山脈與倫太文山支脈間的深谷中，一路匯聚大山攔截的水氣、蜿蜒在巨木成林的深山裡，堆積出了 Tongqolan 樂土，最後從萬榮與光復之間沖進花東縱谷，匯入花蓮溪，最終在海岸山脈的起點投入太平洋的懷抱。

馬太鞍溪底滿是潔亮晶瑩的白色岩石，夾雜著少許黑色，一眼望去盡是耀眼的溪床。而溪水之清澈，讓每一處深潭都成為液態的藍寶石，精美剔透的程度，甚至讓我覺得連伸腳踏入都是一種褻瀆。

柴火燉煮了一夜的羊肉湯。

通往馬太鞍溪底的一段寬大關門古道，路徑兩旁邊坡依然十分明顯。

此時，有三隻河烏正嬉鬧其中，舉頭則有兩列巨大的台灣杉與紅檜，披著一身墨綠色的松蘿長袍，門神般低頭俯視著百年來的過客。兩側河岸則被台灣特有的台灣紅榨槭與蘭邯千金榆，以春天鮮脆欲滴的嫩葉妝點得青翠繽紛……這是一處千百年來，被花蓮潮濕雲霧保護著的美麗夢土。我舔著第二天被螞蝗咬到，腫脹未消的嘴唇，想著同伴三天來疲憊的神情與跌跌撞撞，說這是穿越地獄才能抵達的仙境，真是一點也不為過。

上：自神木營盤址往上游走去的馬太鞍溪谷，河岸兩旁規律地出現巨大的台灣杉（左）與紅檜（右），門神般守護著這個美麗的溪谷。
下：馬太鞍溪中巨石，與透澈無比的溪水。

往上游走不久，溪的右岸出現了一處石洞。走近一看，洞裡乾爽但有水鹿排遺，平坦處大約可睡六人。我驚訝於這大自然巧妙的安排，也不禁遙想1896年秋天，從中央山脈陡下來到此地的長野義虎一行，以及後來的平田猛、野呂寧、森丑之助等前輩，是否也曾在此過夜呢？

猛一抬頭，發現石壁上刻著

淺淺的字跡，「平⋯⋯貴⋯⋯村長?!」原來是過去常到 Tongqolan 的馬遠村長馬平貴所留下的簽名，一旁還有許多登山者的留念字跡。看來，不只我一個人曾在此遙想百年前的光景，感受關門古道長長的生命故事。

同治 13 年（1874 年）的牡丹社事件，促使來台的「欽差辦理台灣等處海防兼理各國事務大臣」沈葆楨，於同年 11 月 15 日在〈請移駐巡撫摺〉中提出了「開山撫番」政策，拉開外族勢力進入台灣深山的序幕。在宣告開山撫番的同時，沈葆楨也火速指派軍方興建了四條山區道路，奠定後山陸路開發的基礎：

1. 北路：同治 13 年（1874 年）底，由提督羅大春與台灣道夏獻綸負責，從噶瑪蘭蘇澳開闢 205 華里（約 118.1 公里）的山路到奇萊（花蓮）；今日被稱為「蘇花古道」，目前僅存東澳至南澳一段較為完整，其餘僅有片段殘跡。與後二者不同，北路為南北縱向。

2. 中路：光緒元年（1875 年）2 月，由南澳鎮總兵吳光亮率領二營清兵，以平地路寬一丈，山地路段寬 6 尺為原則，從彰化林杞埔（南投竹山）開闢到台東璞石閣（花蓮玉里），長 265 華里（約 152.6 公里），即今日「清代八通關古道」。

3. 南路：同治 13 年（1874 年）底，由海防同知袁聞柝率領三營兵力兵分二路修築，為：自鳳山縣赤山（今屏東縣來義鄉）至台東卑南，長 175 華里（約 100.8 公里）的主線「赤山卑南道」，大致上為今「崑崙坳古道」路廊；與其副線，由總兵張其光自鳳山縣射寮（今屏東縣車城鄉射寮村）開往卑南與前者相會的「射寮卑南道」。兩者相加使道路總長達 214 華里（約 123.3 公里）。南路系統亦為台灣第一條完成的撫番道路。（吳密察監修，2000；鄭安晞，2021b: 23）

然而，這些穿越中央山脈的道路皆命運坎坷，主因是深入各族原住民的固有領土。這無疑是一種外族的強烈侵略行為，自然引起原住民抵禦，使得清國需要派駐大量的兵力屯守於途中營盤，才能確保暢通。

因此，北路與南路開通後不久，即因駐兵調離而告中斷；中路相對好一點，因位於台灣核心地帶，能直接聯絡東西交通，不時有人利用往返，慢慢到 1880 年左右才告完全荒廢。雖其後又有些許官道建設，然而通行總是斷斷續續，僅有光緒 10 年（1884 年）完工的「三條崙道」（今日「浸水營古道」前身）得以保持暢通至日本時代。

清國最後一條翻越中央山脈的官道，就是我們這幾天走的布農族丹社群回家之路：關門古道「集集水尾道路」。它由巡撫劉銘傳下令興工，於光緒 13 年（1887 年）4 到 6 月間全線竣工，全長約 182 華里（約 104.8 公里）。

關門古道在 1886 年（光緒 12 年）底，採「東西對開」的方式修築，由總兵章高元負責，余步青督工，自拔社埔（今南投縣水里鄉民和村）率軍由西往東開鑿；翌年春天，曾興築三條崙道的張兆連也在此時率兵加入，自拔仔庄（今花蓮縣瑞穗鄉富源村）由東向西開鑿道路。兩隊人馬合計約三千人，最終會合於中央山脈海拔 3,020 公尺的關門山南坳水池，完成了這條清代最後的中央山脈越嶺道「集集水尾道路」，即日人所稱之「集集拔仔庄道路」。（鄭安睎，2021b: 22）

然而，由於缺乏維護與原住民衝突，關門古道竣工後沒幾個月也荒廢了。直到清國在甲午戰爭敗給日本後，關門古道才又回到歷史的舞台之中，且比起沒有留下太多文獻記載的清代，此後往來人群更加絡繹不絕。

最早踏上關門古道並留下探險紀錄的日本人，是參謀本部付陸軍中尉長野義虎，他在日本領台翌年隨即兩次翻越中央山脈，並留下了〈生蕃地探險談〉，讓後世能一窺未經外來文化入侵的台灣山林及其間舊部落的原貌。

左：位於神木營盤址上游不遠處右岸的石窟，疑似「huhulluli」，有可能為 1896 年長野義虎曾落腳之處。
右：草坡凹陷處為位於大水窟池東北方的清代八通關古道營盤遺跡。

〈生蕃地探險談〉是文字文明首次進入台灣深山的探險紀錄。長野義虎在明治29年（1896年）1月抵台，隨即開始在阿里山、屏東、北部地區等調查。7月時他來到花蓮，花了兩個月勘查東部平原蕃境狀況。接著於9月16日自璞石閣啟程，經清代八通關古道、大崙坑（太魯那斯社）前往玉山探險，在10月2日初抵達林杞埔（竹山）。緊接著，他又在10月21日自拔社埔啟程，經蚊蚊社、豬府蘭（Lavulan）社、治宇散（Dilusan）社、簡吻（Qalmut）社，此後一路向東經今關門水池翻越中央山脈，夜宿馬太鞍溪底石洞，再爬上倫太文山，最後在Huhul Madaingazan度過最後一夜，並於10月31日抵達拔仔庄。（長野義虎，1936）

其後，因日人對台灣群山蘊含的豐富森林、礦產資源與開發潛力等甚為垂涎，前前後後派遣了許多調查隊來到關門古道調查，甚至評估在此興建橫貫道路、橫貫鐵路的可能性。較有代表性的，是明治35年（1902年）的平田猛，與明治43年（1910年）由警察本署蕃務課土地測量主任野呂寧同行的中部橫貫道路調查隊等。後者隨隊的森丑之助，為關門古道留下了詳細的紀錄，也被收錄在著名的台灣山岳文學《生蕃行腳》一書之中。

他們不約而同讚嘆了我正身在此境，以馬太鞍溪底，布農族口中Tongqolan為中心的壯美巨檜林，是何等亙古壯美、原始幽深，森林茂密得連太陽都照不進來。他們也都和我們一樣，在這裡度過了美好舒適的一夜。

「百年來，Tongqolan對於行經的旅人而言，都是個不可多得的天堂。」我看著石洞，不禁想著。時間近午後一點，忽然間，雲霧繚繞的天空乍開，陽光射進了這被巨木夾岸的深邃山谷中，一切景物都褪去了冷色調，溫暖明亮了起來。看著這猶如聖光降世的場景，我不禁驚嘆：「哇！真的是中午太陽會照進來的地方，Tongqolan！老人家為山命名可真是一點也不含糊！」

享盡溪谷的美好後，我慢慢回到營地，時間已是下午兩點。隊友們因為前三天累積的疲憊，幾乎都在午睡，淺淺的鼾聲與柴火的剝剝聲，在溪水襯托下顯得寧靜祥和，好像我們已經在這裡住了幾年。我靠近火堆，舀起顏色混濁的羊肉爐，一勺、兩勺，端著鈦鍋慢慢到一旁坐下。在不絕的溪水聲中，我啜了一口溫熱的湯，打從心底讚嘆這鮮美甘醇的滋味。

「雪羊，理博的眼睛不舒服，你可以幫他嗎？」回到床位正要休息時，小瑜一個呼喊，我心頭一怔，便迅速找出醫藥包前去查看。善於生火的理博這幾天都幫我們在潮濕的森林中迅速生火，對火的熟稔連族人都讚嘆，還開玩笑說：「以後上山都不用帶噴槍，有理博就好了！」然而吹氣助燃時所產生的煙，也對他的眼睛產生過多的刺激，居然引起舊傷復發。

理博左眼下眼皮明顯化膿，睜不太開，讓人甚是憂心。偏偏我什麼都帶了，就是沒帶眼藥膏，幫他簡單用酒精棉片與棉花棒消毒完，我忖度著有沒有能替代眼藥膏的藥品，畢竟登山九年來，我也從未遇過這樣的狀況。

組織大隊伍上山，領隊需要預期到各種想得到、想不到的突發狀況，畢竟人一多，狀況也會跟著多。身旁的 Ian 忽然說：「欸，抗生素軟膏可以拿來應急，我看過山社這樣用！」不愧是台灣生態登山學校指導員，也讓我確認了我的猜想：一樣是抗生素，功能和效果可能差不多。不過，因為一般抗生素沒有針對眼睛做調整，我們討論後，也只敢幫理博塗在下眼瞼，讓藥不要對眼睛產生太強烈的刺激。

是夜，因為隔日又要往上爬超過 1,000 公尺，登上聳入雲端的中央山脈絕頂，大家很有默契地把酒收好，靜靜喝著熬了一整天的山羊湯配上鹹豬肉與青江菜，繼續聊著關於狩獵的話題。

不知道是誰，忽然講到「打黑熊」這件事，有人分享了他所聽過的黑市運作：「那些收熊的人很聰明，開十到十五萬跟打的人收一整隻，你不賣的話他們就通知警察，所以只好十萬賣給他們。然後他們轉賣，一個手掌五到十萬，整副骨頭二十萬，熊膽大顆一點十五萬。」大頭哥補充說：「以前打熊都是不小心打到，因為那是一種禁忌，會為家族帶來厄運，要在山上淨身七天才能回家。不然打一隻熊，家裡也會走一個。」然而，Vilian 也說，現在不在乎這個傳統的人愈來愈多，因為熊很好賣，是一件很悲傷、讓人生氣的事。

當動物被資本主義社會標上了價碼，禁不住誘惑或經濟有困難的族人，便會選擇

眼睛舊傷復發的理博，完成包紮後正在烤火。

背棄傳統文化，來換取在當代社會中生存所需的「資源」。但就算背棄了傳統禁忌，將文化中重要的熊賣給黑市商人，也只能換來不成比例的微薄報酬，任由收購轉賣的盤商從中賺取暴利。這無疑是將族群的自尊踩在腳下，更嚴重傷害了山林與原住民的社會形象。

這種保育類野生動物的黑市買賣，尤其極度瀕危的台灣黑熊與熊鷹，對照原住民族百年來的傳統文化與禁忌，凸顯出原住民傳統文化式微所帶來的價值觀改變，是如何讓原本守護森林的原住民族群中，誕生出反過來加害森林的人。儘管進行這樣黑市買賣的族人只是少數的極端分子，如同漢人社會也存在許多因教育與家庭功能失靈而產生的極端；但這也正說明著文化式微，導致部落內部狩獵監督與管理機制的消亡，嚴重威脅著野生動物的生存。這也使得振興原住民傳統狩獵文化、重建部落由內而外的狩獵監督機制，成為刻不容緩的議題。

思考著這沉重的不平等關係與資訊剝削，我聞著泥土與苔蘚的氣味，感受這靜謐的谷中之夜。不知為何頭還是有些脹脹的，便翻了個身，挪了一個更舒服的姿勢，聽著潺潺的馬太鞍溪水聲，再一次將我的夢境，託付給頭頂的台灣杉。

登上中央山脈主脊，回望倫太文山。

# 第六章

## 浮出雲海的那一刻

### 沒有路的檜木林

「是太陽！好開心喔——」Abus 看著台灣杉與紅檜枝葉間灑下的藍色調，雀躍讚嘆著。在雲霧中生活整整三天，我們已經快忘記藍天與太陽的樣貌。決定在 Tongqolan 迫降一夜，真的十分正確，讓隊伍能用復原不少的體能，在晴朗舒爽的天氣之中完成這回家前的最後大挑戰：爬上從溪底聳立超過 1,000 公尺高的中央山脈。

大家配著稀飯吃完最後的羊肉，旋即拆掉天幕，將照顧我們兩晚的家從樹上卸下來，心中對這樂園浮起一絲不捨。人們各自認領公裝、打包行囊，沒有太多交談，但都默默地感謝這片山谷。在冒著煙的餘燼旁，換大頭哥帶領眾人感謝老人家的照顧、祈求前途的平安，隨後徹底滅火，吱吱作響的木炭宣告著出發。

今天一出發就要先涉過馬太鞍溪，往北方走去。我們井然列隊涉水，小心翼翼沿著深潭旁的淺瀨與石頭渡溪。大家都成功渡溪後，我抬頭看著對岸那傾聽了我兩晚夢境的大台灣杉，不捨地相約來年再會。

接下來的路幾乎沒有痕跡和布條，詠恩憑著記憶，在前方帶領著大家，不時和開著離線地圖軟體的我核對方向與山勢是否正確。對岸森林的樣子和 Tongqolan 差不多，巨木錯落，小樹橫生，地上滿是軟軟的苔蘚。早晨的太陽穿透樹冠，灑落林間的光束將掛滿綠苔的糾曲樹枝化作奪目的金黃藝品，讓我們不由自主地停下讚嘆。不久後，我們遇見一株此趟旅程胸徑最大的紅檜巨木之一，它或許是三株紅檜並生，樹身猶如赭紅色的高牆一般，經過的人不是抬頭稱奇，就是給它一個擁抱。

上上下下、迂迂迴迴翻越幾條稜線尾端，我們來到了一處長滿赤楊的開闊溪谷，一株台灣杉大樹鶴立雞群地矗立在河道正中央，周遭相對平坦的溪床礫石地上，則有著許多長滿苔蘚的突起物。

原先我並不以為意，直到身後的強哥問我：「欸雪羊，這是什麼？很漂亮欸！」我停下腳步定睛一看，才發現那一叢叢的小突起，居然全都是台灣杉的天然幼苗，被滿滿髮絲狀的綠苔蓋住，變成一把把插在地上的可愛雞毛撢子。

台灣杉是台灣最高的樹，目前最高紀錄為驚人的 84.1 公尺，是一株生長在大安溪

溪床上覆滿苔蘚，如雞毛撢子般的台灣杉天然下種小苗。

早晨的陽光照進 Tongqolan，和碧翠的水色形成夢幻的景致。

上游，被台灣高樹調查團隊「找樹的人」命名為「大安溪倚天劍」的巨木。而在丹社群的舊社 Kakalang 附近，也生長著一株以部落「塔喀朗」命名的巨大台灣杉，是台灣第一次測量到樹高超過 80 公尺的個體，也是當前的台灣第二高樹。我們這次會經過關門古道通往 Kakalang 的岔路口，讓我們能在最近的距離，遙想著那曾被冠上「最高」之名的宏偉神木。

從台灣杉撣子溪谷旁的陡坡爬上海拔 1,860 公尺的稜線後，行進路線便開始沿著山稜扶搖直上，十分陡峭原始。相對前幾天的來時路，馬太鞍溪谷北岸完全不見古道蹤影，別說石階了，連像樣的邊坡痕跡都沒有，著實讓人摸不著頭緒。或許是在這百年之間崩塌了，也或許其實古道就像前天的無限之字形下降一樣，根本就在別的地方，目前仍是一個待解謎團。

緩緩在絕美的紅檜、台灣杉、闊葉木混合林中一步步爬升，我不時停下仰頭讚嘆巨木。隊友們依然不發一語喘著粗氣，但狀況比前天要好得多，天氣也十分乾爽宜人。上午八點左右，我們來到一個小平台休息，我發現頭頂有一株土肉桂！拔下葉子放入口中嚼一嚼，帶點辛辣的肉桂味又甜又香，是台灣山中標誌性的絕妙氣味。

「啊——！」這時，那哥放在背架上的睡袋不小心滾落陡坡，眼看危機將至，他就要失去這個保命裝備。然而，就在同一瞬間，有四個人不約而同彈起來，幾乎是用跑的奔下陡坡幫忙。幸好在大家的努力下，睡袋被順利找了回來，真是老人家保佑啊！

### 意外的扁柏森林

繼續往上爬到海拔約 2,050 公尺處，我們又遇見一個小平台，平台上方長著一棵威氏粗榧，一種葉子像羽毛的少見裸子植物。而這裡的地上則有著滿滿山枇杷落葉，粗鋸齒緣的葉形十分好認。詠恩說，山枇杷的母語是「Litu」，而南橫利稻部落的名字「Ilitu」就是野枇杷的意思，他的媽媽正是來自利稻。

這時約莫九點，我們每次停下來休息到全隊離開，大概需要二十分鐘。雖然說不上快，但跟第二天的慘況相比，果然「調整」十分有效。「雪羊，我的腳跟磨破了，可以麻煩你幫我嗎？」我忽然聽見小瑜的喊聲，隨即拿出醫藥包湊上前去。

脫下鞋子一看，她的腳跟破了一個洞。前三天的潮濕森林，讓我們幾乎是泡在水裡走路，加上這次是小瑜生平第二次走長行程，腳底尚未適應這種極端環境，雨鞋磨破腳的痛苦又讓狀況雪上加霜。難怪就算是好天氣，速度一樣拉不起來。小瑜是理博的伴侶，同為漢人 Kaviaz（朋友）的她，在這年稍早才跟著內本鹿一起回家過，也因為這樣而對「回家」產生濃厚的興趣。原以為她已對長程登山有些經驗，但對比前兩日她的體能狀況而言，顯然我們這趟行程強度，比起內本鹿回家老少皆宜的安排，來得困難許多。

看著小瑜的傷，阿光開口了：「我這個雨鞋是人家送我的，不是很合，我這裡也被磨得很痛，好想把它剪一個洞！」他指著腳背與脛骨連接的地方說。雨鞋確實不是設計來登山的鞋子，需要經過許多個人化的調整，比如加入硬鞋墊、穿護踝等，才能拿來爬山，否則很容易讓人不舒服甚至破皮受傷。然而，在部落的登山隊伍中，

長在溪溝正中央沙洲上的筆直台灣杉。

時常可見隊員幾乎都穿著雨鞋，理由其實很簡單：便宜好取得。

由於當代休閒登山並非部落主要的休閒活動，族人們上山的理由，多半是從事狩獵以及採集活動，與偶爾一次的尋根「回家」。因此，在登山裝備方面，時常可以看見由日常生活用品組合而成的搭配。雨鞋、機車雨衣、藍白帆布，甚至棉質內褲等用品，用來爬短天數的山還可以，然而只要把行程拉長到超過一週，又遇上惡劣天氣的話，往往會讓使用者痛苦不堪。此時只能靠平日鍛鍊出的體能硬撐過去，十分辛苦。

詠恩深諳部落的人不熟長程登山的準備要點，因此託我事前幫忙採購了一些裝備，比方瓦斯爐頭、八人天幕等，為這次行程節省了許多重量與炊煮時間。但由於經費不足，個人用的鞋子與背包無法統一採購，只能讓大家辛苦一點了。

調整完狀況後我們繼續爬升，翻過一個又一個手腳並用的岩坡，抓著粗壯的樹根把自己往上拉。走著走著，路旁還遇見一棵更少見的紅豆杉大樹，柔軟的葉子就像縮小版的威氏粗榧，更加細緻如羽，我忍不住駐足欣賞一番。

「嗶！」一聲水鹿呦鳴，劃破了森林的寧靜。海拔 2,200 公尺左右，森林逐漸變得單純，鐵杉也慢慢開始出現，代表我們從中海拔針闊葉混合林，逐漸進入了中高海拔的針葉林帶。愈往上，台灣杉、紅檜漸漸變少，取而代之的是雲杉、鐵杉、長著嫩翠新葉的台灣紅榨槭，以及滿地森氏櫟落葉。

出乎我意料的是，來到海拔 2,400 公尺附近，我們居然進入了一片筆直的扁柏森林。扁柏有著深深縱裂的樹皮，雖然和紅檜很像，但仔細看會發現比紅檜來得白皙，裂紋也比較深，不少植株還有以樹心為軸的螺旋樹皮紋路，十分特殊。我們駐足小歇，看著陽光灑進這片帶灰色調的扁柏森林，享受這優雅寧靜的片刻。

從這裡開始，一路往上到海拔 2,600 公尺左右，森林中都能時不時看見大扁柏的身影，我們甚至還得穿過大樹形成的狹縫才得以前進。這種為巨人所注視的渺小感，以及親眼見證這些陪伴過歷代關門古道行者的宏偉生命，呼吸著由它們吐出的芬芳，撫摸它們巨大灰白、密生著地衣苔蘚的軀幹，不啻是熱愛森林與老樹的人最幸福的時刻。

## 記憶砌成的石階

古道中央山脈路段海拔 2,400 ～ 2,600 公尺間，時常在扁柏巨木間鑽行。

## 來自文明的「驚喜」

我們在扁柏林盡頭的山坡上午餐。飯後繼續上攀超過海拔 2,650 公尺時，便開始出現微弱的手機訊號，現代文明的氣息又回到了我們身邊。此時扁柏漸漸變得又小又稀疏，二葉松與玉山箭竹多了起來，和兩天前倫太文山前的森林愈來愈像，呈現舒適宜人的松針鋪地。

或許是走累了，江相忍不住開口：「好硬喔……為什麼日本人不把他們南北向遷移？」大家都被這無厘頭的一句逗笑了。為什麼回舊部落的路，多採用上下起伏劇烈難走的「橫斷」，而非沿著板塊擠壓形成山脈的方向，進行南北向的「縱走」？其實很單純，昭和 6 年（1931 年）由台灣總督府警務局理蕃課所提出之「蕃人移住

隨著海拔爬升，隊伍來到一片長滿新生筆直小扁柏的樹林中小歇。

十年計畫」，是藉由全台各地為治理深山部落而開闢之警備道、越嶺道進行。

由於山區與平地間相對位置關係，多數山區道路大都兼負東西交通之責，因此才讓許多深山原住民族的集團移住，包含八通關古道以南之布農族等，都是進行東西向的遷徙。而這些越嶺道、警備道如今幾乎已柔腸寸斷，過去跨越處處深谷的吊橋也早已消失，才讓回家的路變得道阻且長。

海拔上升到了 2,730 公尺附近，終於又遇見明顯的石階群遺跡了！比起爬升過程中的猶疑，這些石階的存在，是古道鐵錚錚的證明。這是關門古道的第六處完整石階群，超過二十階，規模很大、保存狀況十分良好。這時剛好下午一點整，距離馬太鞍溪底已經往上爬了超過 900 公尺，將近兩棟半 101 的高度，消耗了大半體力，也讓後面的隊友漸漸跟不上了。大家於是把古道石階當作石椅，一階階羅列而坐，開始放鬆休息。

忽然間，坐在上面的阿達大喊：「志豪婚禮的音響人員確診，有去婚禮的都要自主管理！」我的老天，訊號來了，但第一個居然是聽到這種事！

隊上超過一半的人都去了那場婚禮，詠恩更是婚禮的核心工作人員。回想他第一天晚上就有感冒症狀，一直到這天才差不多快康復；而我不知道是因為心理作用，還是前一晚睡袋沒蓋好，除了頭又比昨天脹了些，喉嚨也開始出現些微的刺痛感，這時只能低頭祈禱只是普通感冒了。

「嗡！」忽然，我的手機傳來震動，低頭一看：「親愛的市民朋友：因您於 3/27 至 4/3 曾造訪與新冠肺炎確診者足跡相同之場域（台北車站）⋯⋯」真是哪壺不開提哪壺，2022 年 4 月是個疾病管制署還會追蹤確診者足跡，也是新冠疫情最嚴峻的時期。當下我頭皮發麻，但這段期間不只我一人從台北車站出發，繼我之後，又有幾個人如 Abus 等，也收到了類似的簡訊。

走了整整五天，逃了這麼遠，我們終究還是無法逃離文明的掌控。不管是手機訊號，還是這株來自中國的病毒，都如影隨形地跟著我們。在阿達表示馬遠全村正在進行快篩後，頓時讓隊伍的氣氛凝結，情緒沉到比馬太鞍溪更深的谷底，因為阿光、詠恩、梓雋等人家中都有年邁長輩。許多人也立刻想到第一天來為我們祈福的 Aki

馬太鞍溪底的巨大紅檜。

Laung 耆老，九十多歲的身軀連打疫苗都有風險，無不希望他能平安無事。大家靜默了好一陣子，幾乎和古道石階同化，只剩下風一陣一陣輕輕拂過我們臉龐，用漸漸降低的氣溫提醒我們再不移動真的會著涼。

「我們要相信部落的人也會保護自己，老人家也會照顧我們的！我也差不多好了，所以沒事啦，加油！」整理了一陣思緒，詠恩率先開口，平撫隊伍的情緒，振奮大家的士氣，畢竟離中央山脈絕頂只剩兩百多公尺而已，只有一步之遙了。「對啊，我們大家來禱告一下吧！」阿光說著，讓大家沿著古道圍成一個橢圓。眾人閉上眼，祈禱我們與家人都務必挺過這意外籠罩的新冠肺炎陰影，大家都要平安健康。「阿門！」「阿門！！」語畢，大家再抬起頭時，又重新找回了眼神中的光彩，並滿懷希望地走向旅程的最高處——中央山脈主脊。

## 中央山脈絕頂的告白

離開第六處完整石階群遺址不久，便會在一處海拔約 2,840 公尺左右的古道轉折點，遇見關門古道著名的「旋轉樓梯」：古道在此有十餘階石階呈現旋轉樓梯的樣貌跟著路徑迴轉，保存得非常漂亮，堪稱關門古道的招牌遺構之一。古道在此附近有著不少顯著的路幅與邊坡痕跡，並不斷呈現明顯的之字形轉折，蜿蜒地爬上中央山脈主脊。

阿光在旋轉樓梯分享：「這個地方我們叫做『Qatpipitu』，七個陡坡斜彎的意思！你看路就真的一直這樣彎來彎去，所以老人家就這樣叫它。」這裡的地形十分精妙，古道路跡以「之」字形迂迴在一處山谷地形之中，之字彎的南北方都是嶙峋的岩峰，無法徒手通過。鄭安睎老師曾說過：「假如不是由布農族人帶路，外人根本不可能找到這條突破這帶山脈絕壁的唯一孔隙。」隨著接近稜線頂端，高山芒草與刺柏愈來愈多，身旁的二葉松則愈來愈稀疏。

「欸！恭喜恭喜！平安！」終於，下午 2：45，一聲聲清脆的擊掌，慶祝著我們爬上了中央山脈絕頂。詠恩站在 Qatpipitu 的最高點，和爬上中央山脈主脊的隊員一一道賀，那是《高山百岳地形圖》上標示著「巖山 2,960 m」的地方，兩座山峰之間低凹處，一個猶如異世界大門般的缺口。

這一掌，表示我們離開花蓮踏入南投，象徵了階段性的成功；也代表著我們終於正式脫離東台灣潮濕多雨的可怕天氣——從山峰間的缺口往回一望，整個中央山脈以東，居然全是滿溢的雲海！對面巨大的倫太文山像座半島一樣，漂浮在綿密的雲海之上。原來我們這幾天來，都泡在那比奶泡還濃郁的雲海裡，怪不得人人都濕到像海綿一樣，幾乎可以從皮膚擰出水來。

終於衝出雲海，擺脫了濕冷與泥巴，夥伴們一個個隨興在一旁乾爽宜人的草地上席地而坐，像洩了氣的皮球一樣癱著，享受這靠雙腿扎扎實實努力來的甜美果實。中央山脈主脊以西，是一片可人的二葉松疏林短草原，再更往下一點，則是幽暗的冷杉密林，景致與五天來所經歷的濕冷陡峭截然不同，對我們而言，就像進入了桃花源般幸福、放鬆。

這時，原本走在最後的 Vilian 忽然出現在缺口，說：「後面的人不舒服，需要幫

關門古道 Qatpipitu 路段的旋轉樓梯特寫（海拔約 2,840 公尺）。

接近中央山脈主脊的高山路段，遇見關門古道第六處完整石階（Paskikingnan）遺跡，海拔約 2,725 公尺。

忙欸！」原來，Abus 在整趟行程第二辛苦的這天生理期報到，強忍著腹部絞痛的苦楚，咬牙從馬太鞍溪陡上了 1,000 公尺。這時，她仍一步步在 Qatpipitu 上迂迴，一句怨言都沒有，稍早午餐時甚至在我旁邊有說有笑。

我還沒放好相機，離缺口最近的 GG 已經衝下去幫忙。稍晚，他在 Abus 身後背著她的背包，兩人在阿光與 Lili 的陪伴下，緩緩出現在那山峰缺口處，眾人如雷的歡呼聲恍若崩崖的落石般綿延不絕。

站上稜線，背包觸地的瞬間，Abus 再也承受不住身體的疲憊與精神的緊繃，眼淚簌簌地流了下來；我們也毫不遲疑地用所剩無幾、珍貴的甘甜馬太鞍溪水，煮了一鍋熱黑糖水給她補充體力、暖暖身子。

經歷這八小時，背著平均十五到二十公斤左右的重量，陡然爬升將近三棟 101 的高度，前一天休息所回復的體能，大概也差不多用光了。要不是太陽躲在雲層後偷偷給我們溫暖，風也溫柔地徐徐滑過，我們大概又會像兩天前在倫太文山頂上那樣，只能強顏歡笑然後落荒而逃吧！

「等一下我們下去喔，那邊會有好幾個小水池，那邊叫做『Niningav』。」阿光說，其實我們現在的位置，madadaingaz（老人家）還有一個名稱叫「咻咻」，因為稜線兩邊的風會吹動樹枝不斷拍打，就會發出「咻——」的聲音，因此得名。休息一陣子之後，我們在這裡輪流當主角，以彼此為聽眾，開始了一場中央山脈上的回家半途分享會。

大頭哥：「與有榮焉，雖然在不同的時空裡面哪，想到我踩的這個腳步是我老人（祖先）也有踩過，就覺得，欸，老人就在我旁邊喔！ Uninang（謝謝）！」

Lili：「昨天剛下馬太鞍溪的時候，很累這樣子。然後早上看到山頭露出來的時候，就有一種在敲門的感覺，我就跟老人家講說：『我要來了，你們等我喲！』」

強哥:「……剛剛這個最後一段，剩下 200 公尺，差一點就放棄！還好互相扶持、鼓勵上來。然後剛剛一踏到這個土地，從花蓮踏到南投那一刻，又踏過以前 Madadaingaz 走過的路的時候，那種感動真的是，要自己親身走過，才有那種雀躍的心情。Uninang!」

詠恩：「這是第二次喲，那個感觸又不太一樣。我們已經在門口了，接下來的任務更重要，那個才是我們真正要一起完成的！我們這樣一個團隊，大家可以互相的照顧、扶持……當走的時候你就想到那個 Madadaingaz 祂們走過的路，就會覺得，哎，那個都是小意思！接下來還有更多的挑戰，讓我們一起努力！然後我們把這個訊息分享到部落、我們的家人，Uninang！」

阿達：「來第二次了，感覺很不一樣。因為第一次的時候不知道自己能不能完成，第二次的時候沿途在走的過程看到更多的細節；然後你會去想像以前老人家在走這段路的時候，祂們的心情，還有跟我們現在彼此的關係是什麼。」

這邊，他特別感謝花蓮縣文化局的大力支持，讓我們這次可以帶更多新一輩的年輕人上來。如果只透過長者分享回家的歷程，年輕一輩只會覺得「啊！他們也就是走過了才會這樣跟我們說啦！」所以向下扎根，透過同儕的力量影響年輕人也很重要。

Abus 特別以準備好的族語分享：「Uninang tama diqanin sin madadaingaz maqtu sauiti ihan mita madadaingaz daan maqtu saduuan imita  madadaingaz tu mai-asang masaingu daingaz iti daan imita lutbu nitu masihal uninang tuqumisan imita kaupa tuqas nauba 一起走到這裡，Uninang!」

Vilian：「很開心，謝謝哥哥（詠恩）！就是那時候打電話給詠恩哥哥，他就跟我說：『欸，我們去走回來丹大這個！』」其實 Vilian 以前就看過尋根相關的紀錄片，覺得影片呈現得不夠真實，但當自己開始走才發現跟想像的很不一樣。

江相：「感謝可以跟馬遠部落一起來走這段路，然後學習布農族爬山的方式，跟那個經驗哪！因為我們安通沒有這樣子的山，不會翻完一座還有一座，受不了了！我回去顧好我們的山就好了（一陣大笑）。」

理博說，回家不僅是走在老人家的路上，更是精神的傳承：「我們走過的這段路，以這個團隊來講，整個狀況確實是滿辛苦的，但是……走這段路不只是我們每一個人在走而已，其實是整個部落的人在走……這樣路一直走一直走，每年走一次、兩次，那個路就會愈來愈好走。」

理博解釋，「好走」是指整個部落對於路徑記憶的傳承，讓部落對整條遷徙路徑的環境、生態、路況，乃至於老人家過去怎麼遷徙、發生什麼事情都很熟悉。「那個『了解』就是這樣一直走一直走，好像要把那個路變成我們的那樣，所以我們還要繼續走下去。」他瞇著眼，微笑沉穩地說道。他跟著內本鹿回家很多年了，這席話是格外有說服力。

大家輪流發表自己的感動與感觸，有長有短，但那份真摯與悸動是共通的。下午

七彩湖「Niningav Kavilan」。

三點半，留下了成功翻越中央山脈絕頂的大合照後，我們再度禱告與感謝，拾起背包，踩著輕鬆的步伐向北走去。

### 古道為床的夜

沿著中央山脈的背脊，我們筆直向北方前進；左邊是帶點霧氣的丹大溪流域，右邊則是花東密不透風的雲海波瀾。我們時而停在懸崖上欣賞腳下捲動的雲，回憶這些可怕的水氣前幾天是如何虐待我們，萬年來又是如何滋養著那片充滿生命力的原始巨木林。

從我們抵達的山峰缺口開始，關門古道也依著山勢，爬上中央山脈主脊往北轉。這段沿著緩稜開闢、高度將近 3,000 公尺，且起伏不大的南北向古道上，時而可以遇見石階遺跡，規模比較大的兩處甚至有十階左右。許多路段保有平緩寬大的路跡搭配人工修築的邊坡，比起前幾日的關門古道要好走太多。

這段中央山脈絕頂上，從巖山開始，直到地圖標示「華表遺址」之間的關門古道，從民國 60 年（1971 年）台灣第一次中央山脈大會師之後，就一直被山友作為中央山脈大縱走與南三主脊的路廊。然而，一直到 1997 年 7 月，政大登山隊的鄭安睎老師與興大法商登山社的指導老師伍元和所率領的登山聯隊，才首次以文字描述，確認這段山徑就是關門古道遺跡。

這段古道除了石階外，最壯觀的遺址莫過於距離 Niningav（關門水池）南方約 400 公尺處的一段「鐵杉隧道」了。那是一段約莫 30 公尺長的古道路段，路形非常筆直且緊貼東方低矮的稜線，清兵所築的邊坡駁坎保存非常良好，沿平坦的古道從眼前延伸到霧中。古道旁則是兩行非常整齊排列的鐵杉枯木，簡直像行道樹一般，但不知為何早已集體枯亡，留下一地殘枝，與日漸潔白的森然樹幹。

中央山脈上居然會有如此整齊的「行道樹」，任誰經過都會駐足驚嘆兩句。每當濃霧飄來時，站在隧道入口，視線盡頭便會化為虛無，只剩兩排鐵杉枯幹成為不斷延伸的柱廊，彷彿能將人引導到另一個時空。這是雲霧、生命與人共同交織出的朦朧畫作，令每個行走其間的旅人，都能神遊到自己神往的世界之中。

我們在一片雲霧裡，穿越了鐵杉隧道，進入一片緩浪般起伏的箭竹大草原。在浪與浪之間的凹處，藏著一窪窪大小不一的水池，而浪尖上則錯落生長著凌亂的鐵杉、直挺的二葉松與糾曲的森氏杜鵑。

眼下一系列的箭竹草原凹谷地形，就是「Niningav」，布農族語「堰塞湖」之意，山友稱為「關門水池」。此地海拔 2,960 公尺，是關門古道往西轉折的拐點，清代在此設有一個營盤址與木造的「華表」（形狀如鳥居或碑坊，用以展示功績、裝飾或標示地點）。視線由凹谷往北望去的第一個峰頭是關門山，海拔 3,020 公尺；再更往北去的話，家喻戶曉的高山湖泊「七彩湖」，也只有不到 9 公里了。

由於箭竹草原的特色，是「只能看不能用」，讓我們花了許多時間整理草原上的一段古道路跡，清除凸起的雜物與刺人割睡墊的箭竹，才闢出足以容納十八人並肩而眠的長條形傾斜空間。傍晚這裡開始吹起不小的風，加上近 3,000 公尺的海拔入夜後氣溫極低，於是我們將三片天幕並排、各自互相重疊一點，搭起了一條藍色毛毛蟲般長長的抗風隧道。

這時，隊伍裡的三位女生，正在離營地不遠的一處乾淨小水窪，用水壺小心翼翼地，一壺一壺將水撈進五個六升水袋中，那將是十八人今晚與隔日早上的所有用水。「欸，我們這樣好像以前老人家喔！」Abus 笑著說，過去布農族生活也是由女性負責取水等家務，各家婦女也會利用取水見面的時間閒話家常，與當代街邊等垃圾車的人們一模一樣。

那個乾淨的小水窪，則是眾人經過二十分鐘分頭尋找，看遍整個 Niningav 後，精挑細選出來的結果。會需要如此費心，是由於稜線缺乏活水源，我們今晚注定要與水鹿共飲 Niningav 上星羅棋布的「看天池」（山中積聚雨水而成的小池）。如果只是共飲還算事小，但這裡的許多看天池，水面都泛著一層油光、池底滿是水鹿如筊的蹄印：牠們會直接走進池中暢飲兼沐浴。更尷尬的是，這裡的水鹿族群龐大，便造成一些比較大而淺的水池，有著濃濃的鹿騷味。連老人家都說，這裡的池水時常混濁，記得要煮過才衛生。

天黑前，我們每個人各司其職：刀疤司顧飯，詠恩、梓雋炒菜，Vilian 切臘肉，強哥、理博在一旁剝四季豆，GG 顧湯……火堆旁進行的，是我們的日常生活，所有工作都不用分配，只要詠恩喊幫忙，三秒內一定有人填補那工作空缺。

就這樣日復一日，我們愈來愈像一家人，甚至在這段日子裡，可能比一般都市家庭更加緊密。畢竟，現在有多少家庭，能有這種全家動起來，一起完成一頓晚餐的機會呢？這是當今社會樣態難以感受的緊密生活方式，卻也是傳統布農族乃至漢人社會的日常，只是在生活西化之後逐漸被淡忘。

甚至連當代的休閒登山，也愈來愈無法體驗這種全員分工合作的感受，主因是近年許多隊伍都已改用輕量的乾燥飯、個人帳登山。雖然又輕又方便，但也讓隊伍氣氛變得較為「個人顧性命」；抵達營地後，成員間互相幫忙與依賴的程度，比起傳統煮大鍋菜、睡在同一片天幕下的方式，大幅下降了。老一輩山友也常緬懷這逐漸消逝的回憶。

海拔將近 3,000 公尺的 Niningav，氣溫比起平地低了近十八度，加上入夜後時不時颳起的風，冷得大家直打哆嗦。首當其衝的是 Vilian，因為他的登山場域皆在低海拔山區，從未有過高海拔經驗，所以不僅沒有夠厚的保暖衣，更慘的是睡袋還只是一般夏季睡袋，對應春末高山的低溫根本不夠，令他十分痛苦。

「總會有辦法的，來啦，先喝！」不知道是哪個酒鬼的聲音，將 Vilian 推離煩惱，開啟了今晚的觥籌流轉。這晚的話題同樣天南地北，從「貓頭鷹在布農族是送子鳥，但在蘭嶼卻是災厄的象徵。」到阿光被 Facebook 一頁式網站購物詐騙的經歷「Sony 藍芽耳機原本要四千多塊，我只買八百塊，以為賺到！結果寄來了之後，欸？怎麼有線?!」逗得眾人哈哈大笑。

阿達對 Vilian 自己編的籐籃很有興趣，Vilian 說，他的傳統編織技術，也是跟家族的長輩學的。除了過程辛苦之外，在技藝的傳承上，布農族也有一個禁忌：「我們教這個有禁忌，老人家說要教你，你學會了也不能亂講，因為你的師父還在。」在禁忌中，如果師父（通常是家族長輩）還在，學徒自己擅自把技能教給別人，家裡將會有一個老人家走掉。因此很多布農族老人家不想隨便傳授傳統技藝，就是怕不懂或不尊重這個禁忌的人去傷害到家人。這有點像漢人傳統工藝中常見的師徒制度，在師父還沒認可之前，學徒是不能自己到外面隨便接案、甚至教別人的。

所有手作技藝的養成，都是靠著經驗累積，因為其中有太多細節無法文字化、影像化，需要靠感受甚至態度，輔以教授者完整的價值觀，對作品進行不斷的調整與修正，才能將其雕琢至完美、完整傳承。半路出師，除了是對自己學習對象的不敬，更有極大的可能，會因為自身缺乏足夠經驗與感受，導致作品細節的流失，最終讓自己再傳承出去的技藝不斷衰敗，最終走向流於表象甚至形式的末途。

中央山脈主脊路段，接回稜線不久，可見關門古道第七處完整石階（Paskikingnan）遺跡，海拔約 2,960 公尺。

中央山脈主脊上的關門古道鐵杉隧道與那哥的背影。

## 遠去的血光

由於Niningav距離七彩湖很近，我問起七彩湖在丹社群的故事與傳說，阿光回答：「它以前叫 Niningav Kavilan。」石馬哥接著補充：「故事有很多個版本，以前那邊是我們和太魯閣族的獵場交界，就會互相在那邊馘首。」

阿達驚訝道:「以前那邊獵物很多?!」阿光解釋:「沒有啦，以前那個Asu，狗啊！就是圍獵的時候，比如說山豬跑到我這裡的時候，他們就會過來侵犯嘛！我們就直接『那個』啦！」石馬哥接續：「出草以後，那個身體會繼續保留在那個地方，只有頭帶回家。」我繼續問：「為什麼頭帶走?!」阿光笑著回：「戰利品哪！就像以前那個什麼戒嚴時期嘛，我的叔叔是蛙人嘛，他們就要帶手指頭回來，意思一樣！」石馬哥又嚴肅地說道：「對啊……所以說那個湖，他們說叫做『身體留在那邊的那個地方』。」

語畢，眾人一陣靜默。從真實的族群史觀來看，今日在山友心中極受歡迎的七彩湖，過去竟有過猶如人間煉獄的景象：一陣狗吠伴隨嘶吼與槍聲後，無首的屍身七橫八豎躺在湖畔周遭。對比當代休閒登山或網路文章，時常不由分說、不問脈絡地把七彩湖描述成「仙境」、「祕境」、「失落的××」等等，甚至為了商業行銷方便，憑空杜撰出一個個「傳說」，足見多數台灣人對於原住民歷史、土地脈絡認知的淺薄與陌生。這導致許多人在登山的過程中，若是途經傳統領域，只能欣賞自然風光的表面之美，而無法感受更深層的文化意涵。在缺乏內涵的觀光衝擊下，不經意地冒犯甚至破壞，往往也會因而發生。

延續著過去原住民各族間互動的話題，阿達分享他去卑南族獵祭的往事：在卑南族的老人家口中，布農族就是「指甲是紅色的人」，且布農族都一起行動。所以只要看到樹林中有人影又有紅色指甲，就代表已經被包圍，那獵物就不要了，趕快回頭下山。

我曾經到魯凱族的達魯瑪克部落，他們的年輕人也跟我說，以前老人家都形容布農族是「紅色指甲的人」，因為他們都在山上處理獵物，沒有水洗手，所以指甲都紅紅的，只要看到就要趕快跑。看來，台東的原住民族對布農族的評價都差不多。

接著，石馬也分享他到鄒族特富野部落時，看見部落的神樹，鄒族朋友跟他說:「你們的老人家都在那個樹的底下欸！」原來，過往驍勇善戰的鄒族長年與布農族爭戰，帶回了許多布農族人頭，但因日本政府禁止馘首，所以他們後來就把頭蒐集起來，全部放到樹下。

往火裡添了根柴，詠恩忽然想起什麼似的，點名了阿美族的江相：「欸你可以講話啊，怎麼不講？」大家笑得東倒西歪，害羞的江相也靦腆地笑了，不是不分享，而是已經微醺講不出話來，只好跟著大家一起笑。

其實，一些領域和布農族接壤的阿美族，也曾有慘烈的過往。石馬說，阿美族某個部落，過去曾經有一整個階級的人被布農族摸走（馘首），直到現在那個階級都還沒有名字。阿光則話鋒一轉：「我去北海道大學交流時認識愛奴族，他們的學生還在問我：『不好意思餒，你會不會恨我們？』我只有回說，還好不是發生在這一代啦，過去的事情就算了。」阿光表示，當時那些學生對日本時代發生在原住民族群身上的事也很愧疚。

不知何時，籠罩我們的雲霧散去了，頭頂是幾天來從未見過的滿天星斗。火堆裡的枯枝劈啪作響，橘黃色的火光忽大忽小，映照著來自各方的家人們，投影出一張又一張沾著黑邊的粗獷臉龐。

自古以來，有人的地方就有衝突，而曾經屬於各方勢力的我們，或許先祖都曾相互廝殺。但此時，卻成為了一家人，圍坐在這條貫串百年時空的古道邊，依賴著彼此，傾聽著各自的人生故事，攜手往同一個目標邁進。觥籌交錯間，那些已經結痂的古老傷痕，又變得更加淡薄了。

中央山脈梁脊上的夜晚，火邊的談話時間。

# 第七章

## 老家，稜線上的哈巴昂

### 穿越扁柏森林的慵懶稜線

天剛亮不久，我們又被雲霧包圍了。我翻來覆去，覺得身體怪怪的，喉嚨又更刺痛了些，祈禱著不要真的感冒了。昨夜氣溫很低，可能不到十度，收睡袋時聽到阿光說他冷到睡不著，三點就起來生火取暖。一旁的 Vilian 也附和：「我昨天不知道什麼叫做睡覺欸！」他的薄睡袋面對四月初高山的低溫，可說是束手無策，只能靠年輕的肉體硬熬，除了流點鼻水外，依舊很有精神。

吃飯時，其他人也都覺得昨夜真是最寒冷難熬的一夜，這時雲霧時而散去、時而湧現，藍天的出現抖擻了士氣。帶著雀躍的心情整裝，今天的氛圍和前幾日的愁雲慘霧有明顯的差異。出發前，我們用剩下的水把火堆熄滅，翻動每一寸炭床，確認所有炭都被濡濕，最後用一旁的土把這個生火痕跡徹底掩埋。稜線上水源缺乏，假使沒有徹底滅火就離開，不久將會星火燎原。

禱告後，我們找了一個最乾淨的看天池裝水，因為直接下到舊部落實在太遠，所以今天會在關門山西峰向西北伸入丹大溪的長長稜線上，尋找合適的空地過夜。但是這條稜線沿途都沒水，所以從 Niningav 出發後，我們每人身上都必須有兩公升以上的水，以供今明兩天使用。半晌，五個飽滿的公用六升水袋，像一隻隻吸飽的螞蝗般躺在池邊待人「認養」。它們照例馬上被一掃而空，我也拿了一個，背包重量又補回了三十公斤，幸好這天都是下坡啊！

正式出發前，隊伍先來到了 Niningav 西側的一處小緩丘上，在幾株乾巴巴鐵杉圍繞著的小空地中，有幾個不起眼的洞，若沒有走近看，絕對不會發現地上存在幾個矩形深坑。它們被箭竹微掩著，較明顯的三個洞呈現直角三角形排列：它就是大清帝國在關門古道抵達中央山脈的地方，曾建立的「華表」柱洞遺址。附近尚有營盤遺跡，但我們並未特別尋找。

明治 29 年（1896 年）第一隊來到關門古道的日本人，參謀本部付陸軍中尉長野義虎，在其紀錄〈生蕃地探險談〉中，以「鳥居」描述這個華表的外型。但是到了明治 35 年（1902 年）台東廳警部平田猛前來調查時，華表已徒存狀似「井」字的骨架，且結構已搖搖欲墜，或許在平田猛離開後不久便倒塌消失。

今日兩處較大的華表柱洞直徑約 40 公分，深約 1 公尺，是 1999 年 4 月鄭安睎老師帶著楊南郡老師與何英傑等台大山社一行，展開岳界第二次關門古道橫斷時，由楊南郡老師所發現。然而其位置、樣貌皆十分隱晦，難以用文字或圖片表達，非得以 GPS 座標或現地口傳指點的方式才能迅速找到。我曾在 2020 年中到過這裡，卻因不諳遺址外觀與位置而遍尋不著，最終放棄離去。

過去的布農族老人家，也是用今天阿光帶我們找到華表遺址的方式，將關門古道上的處處地點與故事，一指一劃傳承給隨行晚輩；再由族人世代重複著這詮釋土地的過程，將遙遠的記憶流傳下來。再好的數位媒介，都比不過前輩在現場的神來一指；身在資訊時代的我們，也應該重視實體傳承的重要性，而非獨尊剝除視覺聽覺以外其他感官的數位平台。否則人對世界的認識，將愈來愈扁平，在不知不覺間失

長著台灣馬醉木的關門古道華表柱洞遺跡。

去了觸覺、嗅覺與味覺，乃至與空間的情感連結。

Niningav 附近是中央山脈南三主脊段（七彩湖至丹大山之間）常見的短玉山箭竹混生玉山針藺的高山草原地形，雖然因為時序正值春初而一片枯黃，但景致仍因髮絲般細柔的玉山針藺而顯得毛絨絨一片，十分可愛。離開華表遺址後，我們往西接上一條寬大平緩的古道路跡緩緩下降；堅實寬大的路底與左側邊坡十分明顯，兩旁鐵杉蕭蕭瑟瑟，還有一些森氏杜鵑盛開其間，地上是稀疏乾枯的玉山箭竹。然而沒過多久，古道便消失不見，我和詠恩只好不斷核對地圖，確認我們一直走在正確的稜線上。

隨著海拔下降，稜線逐漸轉向西北方；我們翻越關門西山，在大片乾枯的短箭竹叢中不斷摸索好走的路跡，時而在樹林中，時而走進藍天之下，大家開心沐浴著西台灣山林宜人的陽光與乾爽植被。愈往低處走，鐵杉森林不再一片乾枯，也逐漸不與二葉松混生，變得愈來愈茂密、高大。

在海拔 2,770 公尺左右，我猛一抬頭，忽然發現詠恩面前有株年輕扁柏藏在鐵杉身後。從那以後，我們漸漸進入一片和紅檜混生、正值壯年的扁柏森林，它們大理石色帶著縱紋的粗大樹幹，像希臘建築的柱廊般壯美，是我永遠讚嘆不膩的絕美景致。

一根根筆直的扁柏巨幹在樹林間若隱若現，它們有著扁柏特有的經典螺紋樹皮，胸徑約在 1 公尺上下，不算非常巨大，但數量很多。這和前幾日中央山脈東面的扁柏森林不太一樣，那邊的似乎比較稀疏、比較老一點。「這邊林務局有來過。」身後的刀疤司突然指著樹上的鐵牌，那是一塊林務局進行全國森林資源調查時所使用的永久樣區標籤，這裡應該可以貢獻不少扁柏數據吧！

踏著輕鬆的步伐，我們一面欣賞這片美麗古老的扁柏森林一面下降，樹冠縫隙灑下的陽光，將扁柏高壯的身軀與行走其間的我們照得光彩斑斕。然而到了海拔 2,520 公尺左右，我們竟忽然進入了二葉松純林，像電影切換場景一樣，瞬間接上寬大平坦、猶如日本八通關古道般好走的關門古道。

我對這種閃電般的林相轉換感到驚奇，因為森林樣貌的變化通常是漸進式的。二葉松林單調的林相，相對巨大豐饒的扁柏森林無趣，但單純的植被與柔軟的松針鋪地，是台灣最舒服的登山環境之一，可以隨意躺坐，連步伐都有軟軟的松針床墊緩衝。

到了海拔 2,370 公尺左右，赤楊們開始混生在二葉松林中，在山腰繞行的古道依然寬大明顯，巨大的紅檜偶爾會現身路旁。再往下一點，森林中便漸漸出現台灣櫸木，鋸齒狀的葉片對比松針是很鮮明的存在。這幾段從 Niningav 往下，斷斷續續的寬大平緩關門古道，極有可能是日本總督佐久間左馬太，在推行第二個「五年理蕃計畫」時，於明治 44 年（1911 年）所整修，自拔社埔（今南投縣水里鄉民和村）至關門水池的關門古道。可能也是因為這樣，中央山脈以西的關門古道才和東段階梯處的路徑樣貌不同，寬大的緩坡走起來頗有日本八通關古道的熟悉感。

在一個崩塌的平緩稜線旁，一行人正停下休息，欣賞出現在樹林破口的南方群

關門西山往丹大溪途中，稜線旁美麗的扁柏巨木林。

山時，正在和阿光、Lili 拿著古地圖指認部落位置的 Abus 忽然叫住我：「雪羊，那個白白的，是九華瀑布嗎？」被 Abus 這麼一講，我馬上用長焦段拍下遠方她所指的白絲確認——沒錯，層巒疊嶂間有道細細白白的涓絲，那正是遠近馳名的「九華瀑布」，或名「巴羅博瀑布」。它因為被作為台灣經典山岳文學《丹大札記》的封面，而在登山社團間聲名大噪。原來從這裡可以看那麼遠，或者，是傳奇離我們這麼近。

這天很奇怪，林相漂亮、路都是好走的下坡，但大家士氣都拉不起來，氣氛格外倦怠。午餐時我不斷咳嗽，整個人有一點點熱，頭脹脹的，喉嚨的刺痛感也更加明顯。這時我只能冀望帶來的感冒藥有用，剩下的，就是為免疫系統加油了。

下午 14：05，繞過一座又一座山頭後，我們在海拔 2,030 公尺左右的鞍部找到一塊平緩大空地，還有前人生過火的痕跡，當即決定在此紮營！

宣布紮營後，大家一掃煩悶，情緒激昂，但竟然沒有人開始搭天幕，而是將仍潮

Dunhaulan 路段的鐵杉林。

濕著的裝備們晾在地上，然後各自找個舒服的角落午睡。這天，是我們出發後第一次中午抵達營地，眾人在樹蔭下蓋著太陽的光斑、躺在乾乾軟軟的松針上午睡，整個營地呈現安詳的光景，連落葉的聲響都嫌打擾。就這樣直到傍晚，樹林間只有微微的鼾聲與風聲。

九華瀑布展望點，正在認山頭與舊部落位置的女生三人組。

## 生病也得走

晚餐後的夜，一半的人早早休息，剩下的人們圍著溫暖的柴火悠哉聊天。阿光丟了兩根青剛櫟進火堆，一時之間劈啪作響、火星乍現。他說：「以前我會跟著爸爸做火藥，這種會ㄅㄧㄚㄅㄧㄚㄅㄧㄚ的最好！」Vilian 也說過，他的火藥是自己炒的。完整的狩獵文化，是從火藥的製作、槍的組裝調整等開始，上山時還需遵守各種禁忌與儀式，並不若普羅大眾想的簡單隨興。

因此，若狩獵在台灣仍持續不合法，這個代代相傳的族群知識，就無法有效地傳承，文化便會因此缺失了一個巨大的破片。這也顯示台灣社會仍不夠尊重原住民族的傳統文化，但上至政府下至民間，卻每每拿原住民文化的元素到國際上代表台灣。這種只取自己想要、可以商品化的文化片段，無法了解甚至不願理解的部分就棄如敝屣的心態，很遺憾地，仍普遍存在當代社會之中。

一夥人圍著火堆一來一往地聊天，聊到現年 32 歲的理博，選擇離開台大電機系職涯，到台東延平鄉 Pasikau（桃源）部落過著布農族生活的事。強哥：「理博那樣黑黑扁扁、打赤腳走在山裡的樣子，就像我們以前老人家。這讓我想起，我都忘記老人家怎麼教我的了。我現在就像個都市人、穿著鞋子，忘記腳跟土地接觸的感覺。」其他族人們紛紛點頭贊同。

扁柏巨木林中的理博。

理博說，他爸媽有來台東看過他，沒有催促他去找固定的工作，只希望他多賺點錢，有一些社會地位。但是，這裡的大家一致認同隊伍裡地位最高的，就是理博。他用行動、古樸的生活態度和扎實的布農族傳統技能（生火、籐編、鞣革等），贏得了在場所有人的尊重，甚至羨慕。從強哥帶著感嘆的語氣可以聽出，族群文化的傳承，不一定侷限於血緣，只要真誠有心、願意持續耕耘，任何人都可以活出那些老照片中，各族老人家驍勇英挺的模樣。

這一夜，我睡得非常非常差。離開火堆回睡袋後，不知道為什麼，咳嗽的頻率開始變高，整個人悶悶熱熱卻不到發燒的程度，全身肌肉變得非常痠痛，但找不到明顯痛點，導致怎麼翻滾都很不舒服，以二十分鐘為單位睡睡醒醒，幾乎可以說是徹夜未眠。由於營地有一點傾斜，我又不斷原地翻滾，結果就是愈睡愈往下坡去，有時驚醒會發現腳已經快伸出天幕、懸在山坡上，趕忙調整回來。

第七日清晨，終於熬過生不如死的夜，但起床後肌肉還是很痠痛，整個人軟趴趴的。我十分確定我感冒了，但自己的感冒藥正好吃完，沒想到個人藥品居然帶這麼少，實在失策。

「齁，我也一個晚上沒睡欸，那個風咻咻咻，地板又斜斜的，不好睡啊！」原來阿光也早就醒了，看我不斷咳嗽，便把他的「三支雨傘標」感冒藥水遞給我。我感激地用族語回了一句謝謝：「Uninang!」這還是我第一次喝從小看廣告看到大的三支雨傘標，意外好喝，喝完狀況也比較好一點了。

這天是個清爽的好天氣，綠色枝椏間透著藍色的光彩，吃完帶著淡淡鹿味的看天池水所泡成的乾燥飯後，大家慢慢整裝，禱告後開始了嚴謹的滅火工作。

由於這裡沒水，每一滴都很珍貴，不再像前一天可以直接把剩下的水都倒在火堆上滅火。我們小心翼翼地用一點點水澆熄最紅最大塊的木炭，然後仔細把火堆撥開、分散，用腳踩熄所有火星，直到炭床看不見任何紅光。最後，挖掘一旁帶點濕潤的腐植土，把熄滅的餘燼徹底掩埋，再踩一踩，讓地表看不出有任何生火殘跡。其實，這就是「Leave no Trace」無痕山林運動中的「減低用火對環境的影響」，透過族人之手體現了出來。

走在一片地上滿是柔軟落葉的赤楊林下，我們背起行囊往今日第一個目標：Havaan（哈巴昂）部落前進，甫出發便遇見一個顯著的駁坎遺跡。

「這個石碑已經倒了。這是人為的，只是不知道它是一個墓還是什麼。」在這處稜線分岔點，石馬哥指著路旁駁坎遺跡前的一顆大石頭說著，他隨鄭安睎老師等人組成的調查隊，在 2018 年來此時曾推測，這可能是清代殉職士兵的墓。

除了這個疑似古墓的駁坎外，阿光也分享這裡是關門古道上的一處重要地點：「這邊有一條路，日本的地圖裡面沒有。老人家說這邊就是『Panqatoqon』，就是意思是『分岔點』，Kakalang（塔喀朗）就是往那個方向（指向往北分岔的小稜線）。」在他的口訪紀錄中，好幾個老獵人都異口同聲說，這裡就是通往 Kakalang（塔喀朗）的岔路口。

石馬哥接著說：「Tama Husung（一位南投地利村卡社群的耆老）說，那條路就是部落跟部落之間的路，就是連結 Havaan、Kakalang 和 Qalmut 這邊。」

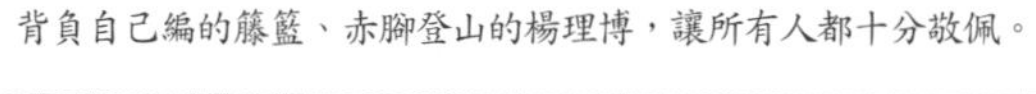
背負自己編的藤籃、赤腳登山的楊理博，讓所有人都十分敬佩。

阿光：「部落不走這個（指關門古道），他們有自己聯繫的路，在山那邊腰繞。」

Ian 總結道：「中文叫『社路』啦，社跟社之間的聯絡道。」

早在隘勇線、理蕃道路、登山道等，外族因各種目的在山區闢建的道路系統出現前，居住在台灣各地的原住民，就已為了部落間的聯絡、獵場的維護等，在山中以人力整理出許多好走的路徑。這些用以聯絡部落之間的步徑，如《生蕃行腳》中，森丑之助跟隨各地原住民族穿梭部落間的小徑，在漢文用法中被稱為「社路」，不過族人們只單純地講「路」而已，沒有專有名詞。

上：在厚腐植層生火，要以土徹底覆蓋熄滅的炭火，執行完整的滅跡才能確保安全。
下：正在解說 Panqatoqon 處疑似清朝古墓的石馬哥。

阿光接著補充，他訪談在 Kakalang 部落出生、現年 93 歲的馬遠耆老林送妹時，聽到的故事：「她說她三、四歲時還在這裡，以前部落間互相聯繫，通常都晚上去，很少在白天。」耆老說如果女孩子被看到，就會有人來搶，因此以前那種十幾歲左右的女孩子，他們都盡量保護在家裡面。

對有著台灣目前第二高樹的 Kakalang 許下再來的願後，我們離開了 Panqatoqon 繼續下行，幾分鐘後便進入一片整齊幽暗的柳杉人造林。這是林務局早年的造林地，我們從這裡開始，告別一路相伴的原始森林，再也不見蒼老挺拔的紅檜與扁柏。

我的身體狀況愈來愈不舒服——全身無力、肌肉痠痛，不時咳嗽且痰愈來愈多。我一面咬著牙繼續邊拍照，一面努力跟上隊伍。經過一個把樹林切開的斷崖時，阿達看著無力癱軟的我說：「你這樣經歷就更完整了，去感受老人家以前生病也要走的感覺！」聽到這句話，真的是好氣又好笑，但身體的痛苦卻很真實。原來，在遷徙過程中，抱病也要走下去的感覺，是這等磨難。

族人們在一處平坦的柳杉林間停下，換上繡著鮮豔紅色線條的白底族服；而 Abus 則穿上了全隊唯一的布農族傳統女裝，面料是沉穩優雅的黑色，氣氛瞬時變得肅穆了起來。

再往前沒多久，我們抵達一個寬闊的鞍部，稜線左下方隱約可以看到石板的影子。詠恩讓隊伍在此停下:「那邊就靠近（部落）入口了！等一下這邊結束以後下去部落，我會唱『咿呀—哆嘿—哆嘿—喲、喔喔喔一』，然後你們就唱『喔———』或是『欸———』都可以，齁！」

眾人應和詠恩的「負重回家歌」Matismama’ mulumaq 和聲教學，那是布農族自古從山上回到部落時，會引吭高歌，讓部落的家人知道自己平安、滿載而歸的古調。今天，我們要讓丹社族人們的歌聲，再次響徹這個古老的部落。

稜線下方隱約看見的石板，原來真的是一棟房子。這裡就是 Havaan 部落最高的一幢石板屋，海拔 1,740 公尺。走了七天，我們終於，要到家了。

樹林間的展望點遠眺東郡山彙與九華瀑布，舉目皆為丹社群故土。

## 回到稜線上的家，Havaan

「磅！！！」

「Madadaingaz（祖先）！ Mahasan Misumitan⋯⋯」

我們用響徹林間的槍聲正式向 Havaan 的老人家們請安，輕敲家門般訴說著：「我們回來了。」簡短的祭告後，族人們魚貫走下家屋所在的平台。稜線下方是一幢以石板堆疊而成、以稜線作為後牆的家屋遺跡，只剩一面完整的側牆，以及矮矮的前牆，靜靜被柳杉環繞。屋內還長著三株筆直的柳杉，屋頂不知道散落何方。

根據阿光訪談 Aki Laung 阿祖的說法，Havaan 主要是 Lamilingan 姓氏（漢姓「余」）家族的聚落，而阿祖本人則是在 Havaan 附近一個未標示在地圖上的小部落出生，只是日人註記戶口時，被註記在 Havaan 部落。因此，日本古地圖所標記的各個舊部落，並不代表就是各族群聚落的完整樣貌。

族人們在傾頹的家屋前整齊列隊，隨行的 Kaviaz（朋友）們則安靜地在一旁屏息觀禮。空氣很安靜，只有踩踏落葉的聲響，與白耳畫眉悠揚高亢的「吐吐米酒——」鳥鳴。

「Madadaingaz（祖先）⋯⋯」阿光帶領的團體祭告劃破隊伍站定後的寧靜，也讓這百年的部落遺跡活了過來。個人的祭告緊隨在後，詠恩打開一瓶我們珍惜了七天的好酒，先傾斜瓶身、以手指沾酒，念念有詞地往外滴灑三次後，注視著家屋，口中以母語喃喃傾訴著自己的家族姓氏、名字、對祖先一路照顧的感謝，還有想對祖居地說的話。語畢，他仰起瓶身啜飲了一口，接著把酒遞出，依長幼順序開始一一祭告。

「Uninang, Madadaingaz!（感謝先祖！）」「Taki-vatan du, Madadaingaz!（丹社的先祖啊！）」族人們對著沉睡在此的老人家們，表達深刻的感謝與敬意。和中央山脈上的感言不同，整個祭告過程，除了少數想不起來的詞彙外，整座山林間只聽得見布農族語和來自森林的聲響。如同祖先與山林相依而生的古老日常，這屬於丹社群的一刻，交織著白耳畫眉的悠揚，充盈在場所有人的雙耳之中。

說著說著，大頭哥的布農母語逐漸混雜了鼻音。

Abus 接過酒杯，也努力用稍微生澀的母語表達對於祖先、對於故土的懷想與感謝：「Uninang maimadadaingaz Abus saikin Takbanuaz Istasipal taikan sia Tanapima uninag tuqumisan zami sauiti saduu imita madadaingaz uninang.」

酒傳到了強哥手上，他虔敬地說著，聲音逐漸顫抖，淚水為臉頰添上兩行閃爍的光，對著家屋哽咽傾訴心中澎湃的情感。他努力克制自己，不要宣洩太多初次踏上祖居地的感動，以及看到族人們曾經的生活場景，如今卻是頹敗朽壞的悲傷。

這是一個近百年前離開孕育自身土地的語言，跨越時空回到自己誕生的地方，又一次在石板縫隙、樹葉之間呼吸的時刻。

我們接著進入家屋，開始為這素昧平生的房子打掃，將枯枝落葉整理整齊，阿光一邊分享道：「Havaan（哈巴昂）部落是在底下，那邊大概是六到七間，然後這邊是兩間。」雖然日本戶籍資料記載，阿光的阿祖就是住在 Havaan 的第八號，但他仍不能百分百確定到底是哪一間家屋。因為布農族並

上：眾人在 Hvaan 最高的家屋前鄭重祭告。
下：祭告時感性落淚的強哥。

進家屋前，正在執行祭告儀式的阿光。

阿光正在解說家屋屋簷石板。

沒有地圖記錄的傳統，日本人也沒有繪製舊部落的配置圖，僅記錄門牌編號與家族資料，所以只能靠長輩手把手，將傳統領域中所有地點的位置傳承給後輩。他們對山林地貌的感覺與認知，是奠基於親身走過建立的連結之上。

因此，舊部落裡的每棟家屋究竟分別屬於哪個家族，各種文化故事與獵場的確切位置在哪裡等等，在族群移住多年，老人家無法親自帶著晚輩指認的情況下，大多終將只有被遺忘在歷史洪流之中的結局。

家屋正面的矮牆旁散落著許多大型石片，阿光拿起一片，說那是掉落的屋簷。刀疤司站在尚稱完整的石板牆前，指著牆上不尋常的凸出物說：「沿著石牆多出來的那個石頭，那是專門放貴重東西的。」除此之外，側牆與後牆之間的角落還有一個精緻的方形壁龕，阿光說那是「阿嬤的藏寶盒」，是家族長輩用以存放貴重物品的地方。

「哆！哆！哆！」厚實的山刀，一刀一刀劈砍在屋中一棵朽壞的柳杉上，回音繚繞在山林之間。他們也將另外兩棵大柳杉環狀削皮，露出柳杉淡色的木質部，這麼做是為了讓它無法繼續生長，慢慢枯死，待下次回家時，就比較容易伐倒移除。

「欸，來喔來喔！要倒了，那邊的小心喔！」

「嘿，啊！！！」

## 記憶砌成的石階

正在端詳家屋石板牆細節與壁龕的 Lili。

「砰——！」

那棵朽壞的柳杉，在幾位族人的控制下，精準朝著家屋大門轟然倒地，沒有砸壞兩旁的正面矮牆。刀疤司忍不住怒斥：「這個種樹的也太白目了吧！但大部分的林班都是原住民，只能聽老闆的話，唉。」阿光：「2014 年長輩帶我來的時候就很生氣啊，一直罵啊，說為什麼這麼不尊重我們？把那個樹種在家屋裡面⋯⋯」家屋不僅承載著布農族的文化與家族記憶，許多家屋的主人更依然在石板之下沉睡著。

族人離去後，家屋自然會被山林吞噬，屋頂逐漸傾頹，石牆日漸坍毀；植物取代了人，入主那一幢幢方格。這原本會是一個無可奈何的自然過程，但我們今天所在的森林是「柳杉人造林」，因此並非大自然的演替，而是在台灣林業蓬勃發展的年代，透過人工刻意栽植而成。

原來，在日本時代布農族們仍居住於此的年代中，從長野義虎到後來的森丑之助，在行經關門古道的報告書中，皆異口同聲描述丹社群所居住的區域，幾乎看不見什麼樹木。森丑之助則進一步解釋：「前山（關門古道西段）缺乏森林的原因，是數百年來占居這一帶的布農族，全力拓墾的結果。放眼一望，山地到處是連綿的舊墾地和新墾地。」（森丑之助，楊南郡譯，2000）布農族傳統會以燒墾輪耕的方式進行農業、以火攻的方式狩獵，而導致部落周遭的山區呈現童山濯濯之樣貌。

眾人協力放倒未來會破壞石板屋的柳杉。

大頭哥正在裝填 Havaan 的土，準備帶回去給祖居地同是 Havaan 的伴侶。

這些光禿禿的山，在昭和 8 年（1933 年）族人移住到花蓮後，便逐漸呈現無人的狀態。直到民國 48 年（1959 年）振昌木材防腐工廠丹大事業部負責人孫海，得標丹大事業區第八林班第一小班的採伐權，並開闢丹大林道後，丹社群的傳統領域才回復往昔人聲鼎沸的樣貌。當年孫海砍伐的區域，主要在丹大林道六分所以東、以北的「丹大事業區七、八、九、十林班」；而位於丹大林道南側的丹社群舊部落、舊耕地區域本就無樹可砍，但這些「荒地」，卻也成為日後來此的造林承包商十分重要的植樹目標，可以輕鬆達到造林績效。

當年許多原住民受僱入山進行造林工作，像阿光的父母就是在高登（七彩湖東側一帶）幫忙造林。早年受僱上山的原住民很多，他們不一定是布農族，就算是，也不一定知道石板屋的過往；他們只是盡忠職守地執行承包商的指令，機械式種下一株株的苗木，完成自己的任務。

因此，在今日位於丹大溪、郡大溪流域的眾多布農族舊部落石板屋遺跡中，都可以看見一株株挺立的柳杉或香杉。然而，茂密涼爽的樹蔭之下，樹根穿破石板、深入地底的盤根錯節，與老人家們如今的處境，卻是族人們不願意去想像的慘狀。「也不知道怎麼移除了，只能盡量。」阿光無奈地嘆了口氣。

家屋整理告一段落，比起我們剛抵達時清爽許多。大頭哥轉身凝視空蕩的家屋，淡淡說道：「這個真的很難想像欸，以前這邊都有人住是什麼情形？」從抵達家屋時的感動震撼，動手整理的沉澱省思，到見證自己的文化與故事在深遠的山中傾頹，在場每一位族人都沉下了表情，森林又陷入了寧靜。

臨走時，詠恩掉了幾滴淚，強哥的眼淚也終於決堤，對著家屋傾訴著自己心中的觸動，Lili 也在一旁靜靜地哭了。

「咿呀—哆嘿—啊—咿—嗨呀————哆喔喔——」

「嘿——」

在詠恩高亢的嗓音帶領下，十八人各自以自己的音域找到和聲的位置，為這首獻給 Havaan 老人家的 Matismama’ mulumaq 塗上一層又一層靈魂的顏色，迴盪在這片整齊劃一的柳杉林間。豐滿厚實的歌聲讓森林與石板屋熱鬧了起來，一行人一面和聲，一面踏著整齊的步伐，以乾爽落葉的啪沙聲為伴奏，一步步走進 Havaan 部落的核心區。

隨著石板屋遺址一格格出現，隊伍自然地散開來，每個人都在用自己的方式感受 Havaan，或禮貌地隨意走看，或溫柔撫摸石牆，讚嘆老人家的手藝精湛。阿光則忙著記錄每一幢家屋的 GPS 座標，為屋內的陶罐破片拍照。

這時，大頭哥放下背包，走入一幢家屋內。他緩緩蹲下，撥開落葉，一小撮一小撮掬起家屋的土，放進一個小夾鏈袋裡，喃喃說著：「我要讓我的老婆知道，你的家在這邊。」大頭哥結髮的祖居地，正是此刻我們所在的地方。

基於種種原因，山下的族人或許只能透過這個方式，觸摸老人家曾觸碰過的土壤，

族人們在 Havaan 最大家屋內合照。

在海拔約 1,800 公尺左右，進入筆直整齊的柳杉人造林。

將「真實存在，但可能此生無緣到訪的老家」與自己連結起來。

最後，我們在一幢十分乾淨整齊的大家屋遺跡旁休息，海拔大約 1,610 公尺，大家輕鬆交流著自己的感受與故事。此時此刻，不同背景、不同年紀的人們齊聚於此，一起感受布農族老人家生活的痕跡與場域，見證族群的遷徙脈絡；這一路走來歷經的種種，也已經在彼此生命中留下不可抹滅的深刻記憶。臨走時，阿光深情地對著大家屋說：「Aki Aki、我們要回去嘍！希望你在這邊平平安安，以後還有機會來看你！」那個神情，好像老人家就在眼前一樣。

## 丹大溪的溫泉天堂

Havaan 部落的森林是柳杉—香杉混合人造林。離開 Havaan 核心區繼續往下走，

以分毫之差下錯稜線的前隊，從陡峭山壁腰繞切回，「連山羊都不會走的路」令大家印象深刻（拍攝時相機呈水平狀態，可見坡度之陡）。

香杉會愈來愈多，它是台灣上等的針葉樹「針葉五木」之一，木材有濃厚的香氣，是高經濟樹種。香杉大大的羽狀複葉，把由石板所堆砌、沿著山坡所建的梯田都蓋住了，地表有點像一層層撒滿巧克力薄片的黑森林蛋糕。

正式離開 Havaan 的部落範圍時，我們也告別了香杉森林，進入一大片化香樹、栓皮櫟還有青剛櫟的家，它們都是台灣常見的闊葉造林樹種。在一處轉角的青剛櫟樹幹上，竟留有新鮮的台灣黑熊爪痕，樹上甚至還有個廢棄的熊窩。看來，人類離開後，老人家們似乎也未曾孤單過。

隊伍沿著稜線繼續往下行進，但在一個陡峭山坡的叉稜處，詠恩不慎抓錯稜線方向，往陡峭異常的深谷下切，只有走在最後面的我和阿光還在正確的路上。當我們發現前隊消失，立即停止前進，透過呼喊引導他們回來。一陣折騰後，頻頻苦笑「那個路山羊都不敢走！」的隊伍終於回到正路上小歇。從丹大溪徐徐吹來的風微冷，為我們帶來轟轟的溪水聲，撩動我們渴望喝水與洗澡的心。

烏龜島上的清代營盤址遺跡。

終於抵達丹大溫泉，馬上看見不遠處河岸上，有隻慌張逃走中的水鹿。

此處休息的窄長緩稜上，長滿有著厚厚樹皮的栓皮櫟純林，我好奇栓皮櫟的母語，理博回我：「照巒社群的說法，Qalmut 就是栓皮櫟呀！」布農族語雖然大致相通，然而布農族的卓、卡、丹、巒、郡，五個社群都有自己獨特的語言用法，因此詞彙不一定相同。像常見的狩獵目標「水鹿」，在郡社群的用語中稱為「Hanvang」，但丹社群稱為「Qanvang」，反映出布農族中的語言多樣性，難以單一教材涵蓋之。

丹大溪谷的風不停吹拂，為我們帶走海拔下降而逐漸爬上額頭的燥熱。畢竟跟兩天前相比，我們可是下降了近 2,000 公尺，溫度上升了十二度左右啊！關門西山向西延伸的漫長稜線，至此已到強弩之末，愈來愈和緩，這片栓皮櫟林也相當舒適好走。

通過一個需要拉繩小心攀下的破碎瘦稜後，我們來到一處南北向寬大稜線的尾端。此處海拔約 1,180 公尺，東邊為卡阿郎溪，西邊為丹大東溪；兩溪在稜線盡頭匯流，將稜線尾端切割成俗稱「烏龜島」的形狀。

這個位置在上河文化出版的《高山百岳地形圖》中，被標示為「溫泉營盤舊址」，是過去清代開路時駐紮軍隊、工人的大型居住遺跡，也是此行遇見的最後一個清代遺跡。路旁有幾堆整齊堆疊的石墩與駁坎，不甚顯眼，想必就是溫泉營盤舊址了。此處營盤遺跡為鄭安睎老師與楊南郡老師等人，於 1999 年 4 月的台政大登山聯隊進行岳界第二次關門橫斷時所確認及測量。

終於，我們在下午兩點順利抵達了位於丹大溪畔的丹大溫泉。西部單純乾燥的林相與相對和緩的下坡路，比起東部地獄般的陡峭山壁與未曾間斷的潮濕雨霧來得更適合人類。這樣的地勢與氣候差異，也說明了為何我們自東部啟程後，一直到第七天才看見第一個部落：途中缺乏宜居之地。當全隊開始往溪邊下切，眾人忽然興奮大叫，向下游揮手打招呼——原來有隻水鹿正呆若木雞地看著我們，似乎被我們的熱情給嚇傻，過了好一會才發出一聲響亮的「嗶——」，然後轉身跑走。

這天天氣大晴，大家一溜煙全都下溪洗澡泡溫泉去了。我們整個下午都耗在這裡，一邊暢飲乾淨無鹿味的溪水，一邊享受著天堂般的野溪溫泉時光。

丹大溫泉真是個神奇的地方，除了可以各自在河中掘出小池，將河水混合自岸邊

Haulvatan Maqati（丹大溫泉）河邊噴泉露頭旁的溫泉池。

滲出的溫泉來泡湯外，河岸上還有幾處不斷噴湧的溫泉露頭，發出不曾間斷的「啵啵啵啵啵……」、「嘶嘶嘶——」等聲響。還有被地熱加溫到十分燙腳的礫石地，害我脫鞋渡溪上岸後，活像隻熱鍋上的螞蟻。

泡在溫泉池裡的阿光，望著岸邊噴湧的溫泉露頭，以及隨著噴泉沖天的蒸氣，悠悠說著：「真的跟老人家講的一樣，Maqati，qati 就是水煮開的樣子。」Aki Laung 阿祖跟阿光說過，丹大溫泉叫「Haulvatan Maqati」，但其實丹大東溪沿岸有好幾處溫泉。總之，到了這裡可以泡泡溫泉，紓壓並洗去一身髒汙。我們正盡情享用這來自地底的美好恩惠，山中有活水可飲，有溫泉能浴，不遠處還有平坦的營地供眠，對登山者而言，已是夫復何求。

蒸了一下午的溫泉蒸氣，泡了一小時的腳，人也舒坦多了。隨後我起身收拾，到東岸的高位河階上幫忙大家搭營。我們將三片大天幕緊緊相連，披在一條由兩根長棍撐起以作為屋梁的繩索上，拉成一個三角形的結構，鋪上地布就成了我們兩晚的家。

下午五點左右，來自南投地利部落的補給隊終於抵達，而且比預計多了一個人：地利的部落會議主席也來了。他不只幫我們運送物資，還帶來大罐汽水；主席說，這次是為了促進中央山脈兩端布農族人的交流，並勉勵部落青年而來，讓我們高聲歡呼，久久不已。這天的另一個好消息是，透過衛星電話與山下留守人確認，馬遠全村快篩結果都是陰性，讓我心中大石也放下了大半。

第七夜豐盛的晚飯，有白飯、香腸、筍乾炒 Silau（鹹豬肉）與高麗菜玉米湯。這餐由主席負責帶領我們禱告，長幼有序地盛飯、就餐。夜裡，族人們圍著美麗的營火，繼續和來自部落的長輩輪杯、交流。Vilian 剛出去我們就聽到槍聲，只見他馬上拖著一隻水鹿回來，隨後詠恩也在附近拿到一隻。丹大溫泉的鹿群真的多不勝數，我們兩晚都被水鹿包圍。

然而，傍晚開始，其他人也陸續出現不舒服狀況，或是微微頭痛，或是有點喉嚨痛，個個早早回到天幕下休息。這不免讓人擔憂，但基於馬遠全村快篩陰性的好消息，大家也都還嚐得出食物的味道（早期新冠肺炎的症狀之一是味覺喪失），我也就沒多放心上，看完水鹿的處理工作後，也早早躺進睡袋休息了。

丹大溫泉真是厲害，這個高位河床距離溪底那麼遠，但此時地板居然也是熱的，讓我們在未曾止歇的谷風中，一個個溫暖舒適地走入夢鄉。

# 第八章

## 糾結命運的線條

### 下溯丹大溪

「齁！我昨天睡到流汗，睡袋只能用蓋的餒！」時序來到第八天，早上還沒六點就自然醒了，聽到附近的梓雋哥說他晚上被熱醒，真是心有戚戚焉。我的感冒已經第三天，雖然身體不再發熱，但痠痛依然沒有退卻，也仍不斷咳出濃痰。

早餐是白粥、玉米、高麗菜與以小火煙燻了一夜的水鹿肉，是塞滿牙縫的丹大滋味。基於布農族禮俗與感謝，我們把水鹿最好最嫩的部位，都送給為我們補給的地利村長輩。因此，成為我們盤中飧的，便是比較柴的部位，十分耐嚼，也帶著明顯的「鹿羶」——那是鹿肉十分獨特的味道，說不上難聞但很鮮明，像是帶有麝香卻嗆了點的羊味。

「昨天晚上水鹿超級多！我睡覺前數到有三十幾隻圍著我們啊！」吃飯時，Vilian一邊說著這裡的水鹿數量是何等驚人又不怕人，甚至可以拿槍指著也不會馬上跑掉。

第八日早餐是水鹿肉加菜配粥。

馬遠的耆老也說過，丹大溫泉常有動物聚集，因為溫泉區的土壤有溫度，動物會在這裡休息，尤其是冬天。另外，溫泉水也會析出鹽分，動物會在這裡舔食補充營養，因此丹大溫泉是狩獵的好地方。然而，儘管觸手可及的水鹿如此之多，我們再也沒拿任何一隻動物，因為前一晚的恩賜就足以讓我們度過最後兩晚了。

8：20，豔陽高懸的無雲藍天，把營地的一切曬得炙熱，眾人背起小背包迫不及待地往丹大社走去，Vilian 則留下來陪伴感冒不舒服的理博。我們沿著丹大東溪右岸的高位河階走了約 500 公尺後，河道忽然收窄，兩岸高聳的巨石岩壁猛然夾了過來，寬大的河面也被擠壓成一道浪花片片的湍急碧綠。

從一塊高約三層樓、溜滑梯般的巨大岩塊小心爬下溪床後，我們正式開始這天的下溯行程——接下來近兩個小時中，要涉過一段近兩公里長的丹大東溪，時而水深及臀凶險不已，時而水深及膝清涼寫意。這裡的溪水清澈冰涼，夾岸的石壁萬年來被溪水拋磨得絲柔亮滑，表面布滿節理與石英脈入侵岩層留下的白色線條，在太陽的照耀下閃閃發光；雖然不是大理石，但仍有東部溪谷的兇狠氣勢。

## 記憶砌成的石階

溪谷在堪姆卒溪匯入丹大東溪的交會處開闊了起來，河道旁平坦的高灘地被豔陽烤得炙熱，走起來甚是燙人；堪姆卒溪水夾帶了大量碳酸鈣，讓河道所經之處都化為一片亮眼的白，好像被人打翻了油漆桶一樣。

「喔！看到吊橋嘍！」不知道是誰忽然大喊，我抬頭一望，從匯流口往西看去，在急遽收窄的溪谷石壁之間，能隱隱約約看見一條筆直的線，它就是丹社群祖居地核心「丹大社」賴以往返丹大東溪南北岸的「丹大吊橋」。它並非位於丹大林道入口，在 2008 年被辛樂克颱風沖毀的那座丹大吊橋，也不是日本時代的老丹大吊橋，而是戰後林務局為了在丹大溪以南的廣大區域造林，所修建的水泥大吊橋。

進入峽谷後，男人們不斷組成人龍隊形，奮力在水深及臀的激流中站穩，保護技巧生澀的隊員在兩岸間穿梭；也互相幫忙看照彼此，在有需要的時候互拉一把，免得整個人跌入水中。溪谷在此段收至最窄，唯有仰望天頂，方見一線藍天，陽光因而照不太進來，讓溪水更顯冰冷。

當我再次看到丹大吊橋時，峽谷已經完全打開，依然無雲的天空射下赤焱焱的陽光。這裡海拔才 1,080 公尺，一離開溪水便感受到地表溫度的不友善——這裡的岩石雖然圓潤，但塊塊都像鐵板燒，準備炙燒一個個想坐下歇息的屁股。

第八日往丹大吊橋下溯時，眾人正在護送小瑜過溪。

在丹大溪峽谷中往丹大吊橋下溯。

丹大吊橋與下方丹大溪床。

我在最後一次過溪前，停下仰望藍天中的丹大吊橋，鋼索結構依然堅韌緊繃，像是橫跨溪谷的五線譜。然而，這五線譜上躍動的音符卻顯得七零八落，讓人望而生畏：它在造林工作結束後，已遭廢棄十來年以上，因此儘管鋼索、橋塔結構仍然穩固，但木造橋板已在無數颱風摧殘下佚失大半，從下往上看，就像商品條碼般黑白交雜。

看到橫亙頭頂的這條線，代表此行的終極目標——丹大社，近在咫尺了。

## 不要傳染給老人家

過溪後，遠遠看到隊友們圍坐在吊橋下方的礫石地上，手裡拿著一包包長扁形的橘白色物體，通往吊橋的碎石坡上，則多了五位新面孔——原來是與我們約好今天（4/12）在丹大吊橋下集合，準備要一起回到丹大社的花蓮縣文化局一行人。「六天以來第一次遇到人類呢！文化局還有帶點心來呀！」我以為那些長扁形的包裝是蛋捲，便加快腳步向前，直到我看見 Ian 舉起一支細長的棒子。

「把頭抬起來，然後把這個採檢刷伸進鼻孔裡面……」看著正在教大家快篩的 Ian，我的心情瞬間凝結。那橘白相間的長扁物體根本不是什麼蛋捲，而是單包裝的 Covid-19 快篩試劑！

2022 年 3 月底 4 月初，在清零、鎖國兩年後，台灣政府對肆虐世界的 Covid-19 新冠肺炎防疫政策驟然丕變，正處於從嚴格清零隔離，轉向到與毒性較弱的 Omicron 病毒株共存的新階段。但這樣快速的政策與態度轉變，基層與百姓的心理及應變能力顯然是跟不上的。第三天收到馬遠確診足跡訊息時，當日確診案例才剛過 700 例左右，社會氛圍非常恐慌，只要確診就會被投以異樣眼光、造成身邊人們的恐懼。這與約莫兩個月後，每天數萬人確診，到 2022 年底沒確診才是新聞、許多人為領保險金而渴望確診的氣氛相比，是天與地的差別。

台灣人在 Covid-19 疫情爆發以後如常生活了近兩年，導致政府剛放手拚集體免疫

從溪底仰望丹大吊橋頭。

左：外包裝長得像蛋捲的快篩試劑，讓我們成為史上第一批，也是唯一一批在丹大吊橋下快篩 Covid-19 的人。
右：空中的丹大吊橋，與手中的新冠肺炎快篩陽性兩條線，線線相映。

時，整體社會對於「染疫」還是非常懼怕、陌生，更不想因為確診而連累身邊的人。因為在 2022 年 4 月時，防疫政策仍是確診者和密切接觸者皆需執行最嚴格的「隔離十天＋自主管理七天」，這將對生活與工作造成重大打擊。因此，文化局才會在接觸前請我們先行快篩。

「一條！好險好險！」「我也一條欸！」丹大溪轟隆的溪水聲中，陰性的雀躍此起彼落，氣氛逐漸緩和。

「哎唷，我兩條線欸，這是不是確診？」大頭哥不可置信地看著手中試劑，瞪大了雙眼。我一聽就知道，完了。果不其然，幽默的那哥、健壯的梓雋哥，也發出不可置信的哀鳴。頃刻間，身後又爆出了一聲慘叫：「為什麼是我——！」年紀最小的 Lili 表情糾結，眼中閃著淚光，Abus 連忙安慰她。

看著他們四位的「兩條線」，我連拆開手上的試劑都懶了——八天無罩零距離還天天輪杯，怎麼可能有人跑得掉？再者詠恩第一天，還有我這三天以來的感冒⋯⋯除了味覺還在以外，其他都很符合 Covid-19 症狀，乾脆自行宣告確診好了。

天一樣藍，太陽一樣暖，丹大溪水還是那麼透澈，但整支隊伍的氣氛跌到谷底。在幾個陽性的快篩結果出來後，不只我們，連遠遠看著我們的文化局長官們都陷入好長一段沉默。丹大溪的隆隆聲成了唯一的聲響。

我拆開手上的快篩試劑，插進鼻孔後往試紙上滴了幾滴。看著試紙顏色逐漸變深，很快出現了第一條線，然後，第二條。手中的兩條線就像頭上的丹大吊橋一樣清楚，是扎扎實實的陽性。我死魚般乾瞪著那該死的兩條線，也恍然大悟：「原來我是在 Covid-19 發病的同時，背著近三十公斤陡下快 900 公尺。也難怪前晚會這麼生不如死。」

「現在也沒心情去 Asan vatan（丹大社）了。」強哥愁眉苦臉地發難，比在 Havaan（哈巴昂）真情流露時的表情還要憂傷。其他人也沒好到哪裡去，尤其是一直快要哭出來的 Lili。

我把衛星電話遞給詠恩，讓他和山下的留守人張嘉榮回報我們的狀況，同時請他馬上幫忙聯絡、攔截昨晚和我們輪杯的地利補給隊，千萬不要讓他們把病毒帶回部落，還有第二天在倫太文前鞍照顧我們的勝文、柚子，希望他們平安健康。畢竟，有誰能想像來自中國的 Covid-19 病毒，竟然會自花蓮翻過中央山脈，從意想不到的

發現在場有五個人新冠肺炎陽性，大家露出尷尬的笑容，也重挫士氣，決定撤退，不要帶著病毒回老家。

堪姆辛溪豐厚的石灰沉澱。

南投心臟地帶入侵西部？轉念又想，誰可曾在丹大吊橋下快篩？我們成為開天闢地以來唯一一組人馬了。

一陣討論後，石馬哥也說：「我們不要把病毒帶回去舊社給老人家。」這細膩的心情，就像面對活生生的長輩。經過詠恩審慎思索一陣後，正式決定取消行程，這次不去丹大社了。但他仍大喊「路還是要走下去，加油、加油、加油！」振奮士氣，同時轉身感謝花蓮縣文化局特地來這一趟，長官們都點著頭贊同我們的決策。

誰也想不到，歷經重重難關，回到祖居地「丹大社」這個古老場域的同時，我們帶來的不只是穿著排汗衣、撥打衛星電話、講著流利漢語的布農族後輩，甚至把文明的副產品——來自異域的最新病毒，也給帶了進來。

從馬遠開始，我們盡可能走在老人家的路上，聽著老人家的語言，感受祂們傳下來的故事，然後試圖以最靠近老人家的方式，度過這八天的生活。然而 Covid-19 快篩試劑慢慢浮現的成對線條，殘酷地打醒了我們，嘲笑我們終究無法自外於現代文明，提醒我們是帶著屬於新世代的態度、樣貌與價值而來。但，透過身體的痛苦、步伐的堆疊，我們用生命的移動、透過老人家理解大地的方式，感受著這座承載著一切、沉眠一切的山林，也讓我們確實離老人家的背影又更近了些。

### 火邊的歌

和文化局長官道別後，回到營地已是中午 13：30。留守營地的 Vilian 在火邊堆好漂亮的石板牆，卻被突如其來的確診消息嚇了一跳。天空依然一絲雲氣也沒有，把我們曬得頭暈腦脹，甚至有點中暑，和烏雲罩頂的心情截然不同。

這天，我們度過了一個慵懶的下午，每個人都用自己的方式任情緒流洩。山谷安靜得出奇，只有風和水的聲音，人們休息的休息，躲太陽的躲太陽，丹大溫泉瞬間從山野天堂變成了抑鬱的傷心地。此時理博正在遠處的黃連木下放空，雖然快篩結果是陰性，但一劑疫苗都沒打的他正在重感冒，我們都不禁為他擔憂。

快篩陽性後士氣大傷，回到丹大溫泉營地調整心情，看開後歡笑的眾人。

傍晚五點左右，太陽漸漸傾斜，天氣不再如正午炎熱，四散樹蔭下的人們逐漸往火堆團聚。大夥坐在撿來的枯樹幹上，看著正用火堆炒菜的 Abus，你一言我一語，交錯一句又一句無厘頭的笑話，氣氛又逐漸熱絡起來。過了一個燠熱難熬的下午，這片溫暖的營地總算又開始有了生氣。

這天晚餐，拜來自地利的補給之賜，有水蓮炒豬肉、炒花椰菜和乾煎鯖魚，配上一鍋文火慢燉一天的水鹿湯，儼然是一場小小的山海饗宴。

強哥一邊咀嚼鬆軟的白飯，一邊分享著前一天看見石板屋的澎湃激昂：「我昨天情緒很多，第一個是我終於看到我的家了。第二是，我的家好破碎……那種你會覺得，這是我的家，但是我卻無能為力去維持它，至少讓它像家的感受。」強哥說自己當下的心情非常難過，因為看見遺跡本身的古今交錯之惜，以及聽見石馬哥說石板屋的崩壞在不斷加速，完整的家屋只會愈來愈少。

凝結成布農男兒淚的千絲萬縷，原來是來自日漸消失的房，與或許再也找不到的家。「這條路非常辛苦，但我一定會鼓勵年輕人上來，有沒有房子在，感覺是不一樣的！」強哥又說。「如果有機會，我也想在上面住個兩三天，做重建的工作。」他的外公就來自 Lamilingan（余氏）家族，可惜他的外公、爸爸都離開了，再也問不到關於自己祖居地的故事、家族的記憶。「當我們回家的時候，看到 Madadaingaz（祖先）住的地方，欸，很開心！但是看到我的家如此破碎，不管是人為的，或是環境的⋯⋯作為一個後輩，真的是無能為力啊！」搖曳的火在強哥眼中閃爍，他濕潤的眼球映著炙熱的焰，我彷彿又看見那家屋旁源於肺腑的淚光。

上：石馬哥所指出，2018 至 2022 年間被上方樹根撐壞的 Havaan 石牆。
下：阿光正在紀錄 Havaan 家屋內的陶片。

晚餐後，大家圍著營火，詠恩打開手機裡的吉他 App，巧妙彈起各種伴奏。效果之好，就像真的帶了把吉他上山一樣，讓我們嘖嘖稱奇，隨之高歌解愁，經典名曲一首又一首：〈愛情釀的酒〉、〈萍聚〉、〈外面的世界〉……這竟是我們八天以來，大家第一次一起圍著火唱歌。

唱著唱著，歌聲不知何時換成了布農古調，族人們的應和悠遠動人。Abus 事後在回憶錄中寫道：「當我們唱詠恩作的一首歌〈腳印〉：『這每一草每一木都是珍貴的禮物，不要忘記 aki 按手的祝福 tanangaus as zakuan mudadan tisuni zaku pisihal nalaqaiban……』一剎那所有的甜蜜與悲悽，就那麼瞬間湧現。……回家的路好艱辛。不過唯有親自走過的我，才能夠把這些故事帶下山，和家人分享，我不再是聽故事的 uvaz'az，我是能敘述家有多美的 uvaz'az。」

這晚，水鹿的嗶嗶呦嗚依然不時在山谷間響起，營地周遭也不時能看見閃亮的對對眼珠，但沒有人願意離開那劈啪作響的營火。我們珍惜著彼此，知足地享用當下擁有的所有美好——健全的夥伴、充足的食物、丹大溪的恩惠，還有忘卻塵世的快樂，以及和老人家如此靠近。

Havaan 部落核心區的連棟家屋一隅。

在那片星空下，以歌聲為燃料的火堆前，我想，百年前布農族的Madadaingaz（祖先）們，在這奔騰至今的大河流域中，也是這樣度過一個又一個烤著火、歡笑著、陪伴著彼此的夜吧！在 1933 年之後，丹大溪到底度過了多少杳無人聲的夜？又有多少丹社群族人，真的回到老家，再次用自己的語言，唱出 Taki-vatan 的歌呢？

# 第九章

## 最後的篝火，再會丹大

### 溪底射耳祭，攀上 Qalmut

「磅！！！」「互哇霍霍！ Tanapima Laung tainka sia mangququ ！互哇霍霍！」

槍口的煙還沒飄走，震耳欲聾的「互哇霍霍！」就將它打得無影無蹤。來自馬遠的丹社群青年們，在相隔近百年後，回到老家，也將傳統的祭儀帶了回來。

第九天早晨，詠恩和 Vilian 在距營地約 15 公尺左右的土坡上插了根樹枝，把前天留下的水鹿耳朵綁在上頭，展開布農族每年四到五月的重要祭典：射耳祭。

這是布農族男孩成長過程中最重要的儀式，可以訓練狩獵、作戰等能力，是成為一個完整的人的必經之路。雖然布農族的祭典多有排他性，但射耳祭是允許異族參與的，唯只有男性能參加。前半部儀式很簡單，受到邀請時，接過槍枝，瞄準鹿耳、射擊，然後大聲報出自己的名字、來自哪個家族，最後再威嚇地喊出：「互哇霍霍！」就好了。射擊結束後，射耳祭會進入報戰功的部分，但因為我們並非代表部落或家族，這天也必須拔營前往回程的營地，所以僅能簡單執行射擊的部分。而未竟的報戰功，就等待來年再回家時才能實現了。

我接過槍，將槍托靠緊肩膀，瞇起左眼，瞄準那芝麻大小的鹿耳，屏住呼吸——

「磅！！！」「互哇霍霍！！！」我榨乾丹田，一邊耳鳴，一邊喊出那布農族人獨有的呼號。

我沒有族名，當然也沒有家族姓氏，因此喊出「互哇霍霍！」就完成了。這是我第一次參加射耳祭的射擊環節，Vilian 在教我用槍時，就好像部落長輩在將生活技能，透過祭儀中的練習指導，慢慢傳承給下一代。射耳祭除了社會與祭儀外，也肩負著教育的功能，能讓孩子有機會接觸槍、熟悉槍，到了能跟著老人家上山的年紀時，便可迅速進入狀況。

在這精簡小巧的射耳祭結束後，我們告別照顧了我們兩晚的丹大溫泉，依依不捨地邁開腳步，爬上山坡，前往今天的中繼站—— Qalmut（堪姆卒）社。

天氣依然晴朗，但沿著山坡走了一會兒，原本稀疏的森林倏然化為整齊的香杉人造林，茂密的樹冠層一下就讓視野陰暗了下來。我們很快在森林中跟到一條明顯的「之字形山徑」，帶著我們朝 Qalmut 社迂迴攀升。大家不發一語埋首苦行，不一會兒，便遇見了層層堆疊的梯田石板，進入 Qalmut 社的耕地範圍。

小徑旁不時出現鮮紅色的布條隨風飄蕩，只見石馬哥不發一語，一個個隨手拆下，語重心長地說：「哎，我們也不希望自己的老家，變成不懂的人都可以隨隨便便來玩的地方。當離線地圖愈來愈發達、航跡曝光後，我們也只能像這樣做一點抵抗，減少一點毫無準備的人隨便就能進來的機會。」

在這九天的山行後，我能同理族人「不想讓沉睡中的老家成為異族打卡、炫耀的獵奇景點」，卻也想起台灣登山文化中，以尋找歷史遺跡或未知境地為目標的「探勘」登山方式，二者不免有些衝突。

尤其一部分受到許多山友尊敬、仿效的探勘前輩，也是以舊部落為目標登山的。

第九日丹社青年丹大溪底射耳祭。Vilian 射擊。

雪羊射擊。

上：強哥與 Qalmut 的家屋。 下：在 Qalmut 用以祭告的酒與肉。

初抵 Qalmut 時的祭告儀式。

然而，除非是正式的學術調查，否則相信任何人都不希望看到外人未經告知就闖入自己的祖居地、祖厝，在令人悲傷的傾頹家屋前，隨口講出與之強烈對比的「被遺忘的石板屋」、「深山祕境部落」等帶有驚奇、觀賞意味的形容，甚至將之放上社群媒體吸引流量。那樣的行為，絲毫不見其對土地脈絡的了解，更沒有同理部落後代對老家所懷抱的情感。其實，那些德高望重的前輩們，也無一不是在「尊重部落」的前提下，進行舊部落的踏勘與記錄，並配合耆老口訪與文獻資料，才能寫出一部部傳世作品。

然而，這類登山活動與原住民文化的衝突，無疑是日漸增加的登山者在進入原住民傳統領域時，所必須面對的一大課題。如何教育不了解原住民文化的登山客，在踏入舊部落時必須懷著「尊重」的心態，成為了登山教育及有關單位所需努力的方向。而與漢人已生活在同一個國家架構中的族人們，也需要試著理解外族希望能共享山林的心情，而非一概以古老的排外禦敵心態視之斥之。

「默想一下我們這幾天的過程喔！我們就是用誠實的心靈，來到過去老人家居住的地方，學習祂們以前在這裡的生活、路途的遙遠喔！因為我們經歷過，所以可以體會，我們就用心來領受一分鐘齁！」在 Qalmut 部落的香杉林下擺好酒與前兩天燻製的鹿肉後，阿光示意大家用心感受、整理幾天以來的思緒，這是我們與老人家相會的最後一站。

**在老家的杉葉床上午睡**

空氣非常安靜，森林間傳來白耳畫眉、台灣山鷦鶥、頭烏線清脆或模糊的鳴唱。人們閉上眼睛，九天以來的種種如跑馬燈般掠過眼前，離開馬遠似乎已是一個月前的事了。

上午十一點許，大家一一祭告，用最後的酒敬過老人家後，我們放下背包，舒服地躺在柔軟卻帶刺的香杉落葉堆上，放鬆自在地舒展。「你阿公也是這裡的嗎？」

仰望樹冠的理博，轉頭看著坐在一旁的詠恩問。「他在這裡出生的。」他淡淡回答，若有所思地看著四周傾頹的石牆，Qalmut 和 Havaan 一樣，被造林工人連同家屋內種滿了直挺的香杉。

馬詠恩的阿公馬連淡，兒時隨著長輩從我們正躺臥的地方，逆著走過我們千辛萬苦翻越的山脈，抵達我們的出發地馬遠。並在多年以後，盡力將自己對老家的、對遷徙路的記憶，傳承給詠恩；讓繼承了他的名字「Tulbus Mangququ」的詠恩，可以將這個曾在這座山頭被母親呼喊的名字，再次帶回屬於它的地方。

如今，這已是詠恩第二次回到 Qalmut，看著同一片樹林，與可能再也找不回的，屬於自己 Mangququ 家族的那一棟家屋。

「不知道家族家屋的確切位置」這個現象，普遍存在於進行過集團移住的原住民族之中。然而，相較於萬山魯凱族（歐布諾伙）、排灣族等移住距離較短的部落，布農族與南澳泰雅族等，有許多位於中央山脈深處的舊部落，不僅路途遙遠，當年賴以交通的警備道也幾乎回歸自然，導致回家路險阻重重。

位於 Qalmut 社核心區域的「丹大蕃務官吏駐在所」夯土牆遺址。

Haulvatan Maqati（丹大溫泉）與烏龜島全景。

這些不利因素，讓「回家」對當代多數不諳長程登山的部落青年而言，是個巨大考驗；對於耆老而言，更是不可能的任務。因此，隨著耆老的凋零，許多布農族、泰雅族等的舊部落，就再也沒有機會等到主人來指認「哪間房子是誰的」了。對於後代族人來說，無疑是個永遠的缺憾。

諷刺的是，整個 Qalmut 之中，最明顯可辨「屬於誰」的建築物遺跡，竟是位在部落核心區，呈現矩陣狀的殘破夯土牆——日本人在丹大地區最早建立的駐在所「丹大蕃務官吏駐在所」，設於明治 33 年（1909 年）。

不過，也有一些家屋的位置與形狀比較特別，讓後代得以僅靠自己家族耆老栩栩如生的口述，就在舊部落中確認出屬於自己的老家。

「走吧，我們帶你到我們家族的老家！」石馬哥對 Lili 說道，他們的父母輩都有一方來自丹社群的 Taisnunan 家族。這個家族的家屋，就位在部落核心區之外的赤楊林旁，可能是 Qalmut 規模最大的家屋遺址，並且鄰接三棟中型家屋，可說是家族興旺。我和馬遠的青年 Atul，在 2021 年初就是回到這個地方。

這天天氣很好，我們在 Qalmut 社待了很久很久，彷彿扎了根，沒有人開口提議繼續往前。初春海拔 1,670 公尺的乾燥森林裡，在柔軟的杉葉床上睡上三個小時，在石板之間慵懶地呼吸，真是件與自然融為一體的閒適享受。但也因為休息太久，春天的氣溫讓 Vilian 著涼了，傍晚開始有點發燒，許多人也開始覺得喉嚨癢癢的。

待阿光完成調查，用 GPS 標定所有石板屋遺址的位置後，我們不情不願地起身，背起背包前往北方不遠處的營地。今晚紮營在一處溪畔台地上，營地仍是整齊的香杉人造林，厚厚的落葉消弭了地面令人不適的凹凸；溪邊長著幾棵羅氏鹽膚木，山谷間吹來不間斷的風，讓那羽狀複葉搖啊搖。搭好最後一晚的天幕，我們將所有看得到的食材，預留早餐的份後全部煮完，吃了一頓非常滿足的晚餐。

飯後，強哥不舒服先去休息，許多人開始狀況不太好。可能是因為前一天曬太多太陽有點中暑，也可能是今天 Qalmut 休息太久冷到，更可能是 Covid-19 病毒發作。總之，對於隔日的陡上來說都不是好事。

## 記憶砌成的石階

Qalmut 家屋內長著高大的香杉。

最後一夜，幾個精神還不錯的夥伴圍著營火，打開文化局送我們的酒，開始最後一次的輪杯，配著這九天以來，翻越中央山脈回到祖居地的大小故事。

### 杉林中的肺腑之言

茂密的香杉人造林為我們擋去溪谷不斷吹拂的風，搖曳的火光溫暖著眾人的臉龐。詠恩首先發話：「平安到家是最重要啦！ Uninang!」整個夜裡，嗶剝之間是一段段感動與感謝，有笑有鬧，詛咒那陡峭山坡的、被石板屋觸動的、靦腆簡單言謝的。我好像看見這九個日子以來的種種，在我眼前又快速閃動了一次。

阿達：「就是 Uninang！非常感謝所有參與的人。」阿達一直從旁默默協助著大家。「就是說，你永遠要知道什麼位置要有人去遞補，當大家都可以找到自己位置，就會整個事情都會很順利。我就是非常喜歡這種像家人一樣的感覺，希望我們可以走到更多更多的地方。謝謝大家！」在掌聲之中，酒杯遞給了下一個人。

Vilian 接過酒杯，悠悠說著：「還是要感謝一路上的老人家啦！老人家都在我們左右。這幾天睡覺的時候，祂們都有來找。」Vilian 習慣到哪裡都會先敬土地上的老人家，他說，這麼做祂們自然會來找你，跟你說話，告訴你這裡的情況。「我今天在這裡跟大家講，老人家很開心，因為我們該做的都有做到；啊一些小的禁忌、我們不小心冒犯到的，老人家自然而然會原諒，因為祂們有看到我們都很有那份心。」布農族自古以夢和土地、萬物與先祖對話，而 Vilian 一路走來，也一直在用長輩傳授的方式，和這片土地上的老人家互相交流。

Vilian 繼續說：「那還是要感謝詠恩哥哥！這趟上來值得啦！我已經六年沒有上這種高山了，所以這種高山有點不太適應吶！」其實，我一開始也覺得 Vilian 整天都在山裡打滾，應該要很會爬山，有點陷入刻板印象之中。結果這個觀念不盡然正確，他體能確實很強，也非常會找路，但對於高山的環境非常陌生，所以攜帶的裝備保暖程度都不夠，讓他在

Niningav（關門水池）吃足了苦頭，再加上這天中午又冷到，現在已經在發燒了。

這次馬遠的丹社回家行動，雖然有許多機會使用老人家的方式在山裡生活，如生火、祭告，以族語在歷史現場討論丹社群的文化與故事等。但是，這種跨區域的多日登山形式，本質上仍屬當代所盛行的休閒登山，和布農族老人家的生活方式十分不一樣。需要另外學習相關的知識，才能安然度過。

然而，「回家」，對於當代原住民家庭而言，並不是一件理所當然的事。最根本的原因，便是「時間成本過高，物質上不需要」。

其實 Vilian 要來的時候，遭到家人嚴重反對，因為這個季節是最需要金錢的時候。在都市或者經濟狀況比較不好的原住民家庭眼中，丟下工作跑去山上尋根，就是去玩；「尋根」、「回家」，都只是玩樂冠冕堂皇的包裝而已。甚至他表哥還直接說了：「這又不是你的家族，你去幹什麼？你在這邊打梅子，一天兩千五，你看，這樣一個禮拜、十天十一天就多少了？」這個觀點非常實際，其實也顯現出許多原住民青

理博與光復林道岔路口附近的關門古道路跡（Paskikingnan）。

年想「回家」時會遇見的困難。

原住民青年的原生家庭，不一定在經濟上有餘裕能進行回家行動。若青年想深入了解自己的文化，跟隨其他族人一起回家，付出大量時間成本之餘，也會遭到原生家族的質疑。面對這樣的質疑，Vilian的回應是：「文化為什麼可以用金錢來衡量？」當時，這句話反而讓他表哥陷入了思考。

酒杯流轉到理博手上，他形容詠恩是「馬遠能夠繼續走下去的靈魂人物」。這也反映出目前原住民部落進行回家行動的困境之一：要有人能當領導者，行動才會開始與持續。如內本鹿霍松安家族至今二十一年來的回家行動，靈魂人物即為長居「凱道部落」、為傳統領域議題發聲的 Tama Nabu。

然而，除了需要靈魂人物外，為何很多原住民部落都難以凝聚起來，持續進行回家行動？這裡也反映出其他困境——部落成員之間，並非外人想像的均質，加上布農族文化是以家族為核心的關係，所以不是一個部落裡有家族開始「回家」，就會有其他家族一起去：因為那可以只是「別人的家」。

火堆劈啪燃燒著，我小心翼翼問著這敏感的問題，一邊將掉出的木炭推回火堆。這裡的地面盡是厚厚的香杉葉，任何火苗都可能星火燎原，要謹慎再謹慎。

梓雋哥：「其實我覺得這個很難欸，因為我們馬遠有三個部落（馬遠、東光、大馬園）。你看強哥，他應該可以號召很多啊！他是老哥欸！但他還是自己參加，沒有人要參加啊！」
我：「為什麼？」
梓雋哥：「宗教啊！」
詠恩：「宗教跟家族有時候就綁在一起……但我們也可以不用信仰的方式啊！比如說像現在，大家不一樣的信仰，我們一樣走到了山裡面。直接帶到真正的、彼此分享的位置裡面。」
詠恩的眼界跨越了信仰與族群的鴻溝，也解釋了為何這支回家隊伍的樣貌會如此多元。然而除了宗教，回家行動也面臨另一個敏感的問題。
梓雋哥：「還有政治，政治也有關係。今天候選人如果是我們家的人，然後贏你們家的人，就算是親戚關係，這樣子你們也不會來參加啊！」
詠恩：「我覺得現在比較好了啦！」

## 記憶砌成的石階

梓雋哥：「又要開始選了，要開始亂了。」（2022 年底為台灣地方大選）

梓雋哥的感嘆，如同當代社會的縮影。當人們因為彼此的想法與價值觀不同，而和與自己意見相仿的人相聚時，派系就會慢慢浮現。而當各方勢力間有競爭，甚至出現利益衝突又無法和解時，一個因為地理環境而聚集的人群，最終會逐漸分裂、走向對立。

而選舉，往往就是對立與分裂的催化劑，也是民主社會之中，最難解的必要之惡。既然原住民正生活在當代民主社會之中，那麼部落之間的次文化，理所當然也會受到整個強勢文化的影響。

內本鹿的 Katu 曾和我表示過：「以前布農族都是一個家族、一個家族，沒有所謂的頭目。而當日本人來了以後，指定了一戶當作頭目，部落就開始漸漸出現派系的劃分與利益的爭奪。」

話鋒一轉，梓雋哥忽然想到：「Lili 勒？叫她出來嘛！」Lili 聽到自己的名字把頭

Qalmut 家屋一景。

探出外帳。「換 Abus 好了，Abus 還沒講！」「姊姊先、姊姊先。」詠恩說著、梓雋哥也在一旁慫恿。

往中央山脈主脊途中，正在檢視離線地圖航跡的Abus。

正在 Taisnunan 家屋前祭告的 Lili。

Abus：「這趟真的滿感動的，然後要開始走的前幾天，我其實有點緊張……」

梓雋哥疑惑：「啊你不是有來過這裡？」他指的是 2021 年 2 月，那次 Abus 也有參與跟我和 Taisnunan 家族的 Atul 等人一起回到 Qalmut 的行程。

Abus 大喊：「可是那次沒這麼困難啊！這次第一天從 Huhul 上來，然後第二天走那個天梯走到夜路這樣子……那天我就不想講話，因為……真的好累喔！」

記得第二天晚上抵達倫太文山前鞍營地時，她與 Lili 只能面無表情地自己鋪床，連飯都不想吃，只能呆若木雞地烤火發愣。

Vilian：「姊姊說她都在睡袋裡面這樣……這樣……（鼻子吸氣抽泣狀）」

Abus：「對！我都在那個睡袋裡面偷哭！這可能是我爬山以來哭最多的一次，其實第一天晚上我就哭了，想說『我幹嘛要來呀！』」

回憶起第一夜的趣事、擁擠的營地與傾斜的鋪位，Abus 和當時睡在旁邊的梓雋哥鬥嘴，大家忍不住放聲大笑。

Abus：「好啦，第二天我沒有哭啦。只是覺得很累，然後又很冷，又淋雨嘛！」路程第三天下到 Tongqolan 時，因為生理期即將報到，Abus 開始感到身體不適，幸好翌日原地休息。然而，生理期的不適與疼痛，仍讓她在第五天無法自主背負所有行囊完成爬升，為想靠自己完成旅程的她留下小小遺憾。

「其實我在生理期來很不舒服的時候，我就是一直想說，『老人家以前沒有什麼衛生棉這種東西，或是有什麼狀況的話，祂們是怎麼走這一趟』這樣子。就是有一種感覺，能夠感受到祂們的辛苦。」

雖然 Abus 不是馬遠部落的族人，但家族的長輩曾經從南投越過中央山脈，遷徙至花蓮，在 Abus 兒時常用族語和她分享家族遷移的故事，以及對老家的思念。然而，她還來不及聽更多的故事，長輩就已經先回老家了。這讓「沿關門古道回到丹社」成了她的心願，她想看見那裡的世界，感受長輩曾感受的痛與美。這也是為何她一聽說這次回家行動還有名額，便馬上排開所有事，拜託詠恩讓她參加。

「然後我覺得就是，謝謝大家……不知道第幾天的時候，妹妹（Lili）突然跟我講說：『你不覺得我們現在很像家人嗎？』愈到後面的時候，愈來愈覺得：『欸，真的很像家人欸！』尤其是在篩檢的時候……」

Abus 話鋒一轉，大家又笑成一團，溫暖又幽默的分享，就像此行的寫照。

緊接在 Abus 之後，是此行最年輕的隊員 Lili。大家閱覽這位妹妹每天都努力撰寫的密密麻麻手抄筆記，莫不嘖嘖稱讚。

Lili 有點害羞，稍微整理了一下思緒，開始分享旅程第二天，她跟 Abus 和阿光走在很後面時的對話：「阿光走我後面嘛，他就跟我說：『當我們很累的時候，可以去想，老人家祂們遷徙的時候，經過這裡的時候，祂們的想法會是什麼。』」因此，當她在一段斜坡休息時，抬頭看著那些景色，便開始思考：「以前老人家祂們被遷移的時候，祂們在路上休息的時候，跟我現在看到的這些景色，是一樣的嗎？當初

Qalmut 社稜線往七分所途中的巒大蕨海山坡，冬季會全數枯黃。

祂們在看這些景色的時候，會跟我現在一樣，是迷茫的嗎？」

Lili 說，當時她不知道前面的路是什麼，連家屋長什麼樣子都不知道，就像老人家們當年不知道山下的一切會是什麼一樣。「雖然我們前進的方向是不一樣的，可是我們的感受，都會是一樣的。很動人，那種⋯⋯」Lili 的自陳十分深刻，讓熱鬧的空氣安靜了下來。

當 Lili 說她每天都在睡袋裡哭時，大家露出了驚訝的神情。「我第一天也是跟姊姊一樣，想說：『這麼硬又下雨⋯⋯我幹嘛來這裡自作孽？』啊其他天就很感動啊！」火堆的四周又洋溢著爽朗的笑聲。

就這樣笑著聊著，火愈來愈小，人愈來愈少。山中的最後一夜，大家在自己心中翻箱倒櫃尋找感動和眼淚，彼此輪杯，飲下名為家人的最後一滴酒。

## 以丹為名的家人

第十天，四點眾人準時起床，依依不捨地吃飯、收拾，拖到 6：30 才出發。經過一夜，Vilian 的病況已演變成重感冒，窩在蟬翼般的化纖睡袋中直喊好冷。我為他盛了一碗粥，也將感冒藥一起遞給他，希望他能順利與我們一起爬完這最後的 800 公尺上升。

我們走的稜線，在海拔 2,000 公尺以下都是地表乾淨柔軟、整齊好走的香杉人造林，林中有著隱隱約約的造林小徑。這天全程由輕症將癒的我走前面帶路，但幾乎所有人的狀況都不好，表情和將雨的森林一樣陰沉。

帶路過程中，我正要搬開一株倒木為大家開路，忽然看見腳旁有一節亮白色閃動了一下。「這不是鹿角嗎?! 斷面超白，還是新鮮的！真的是太幸運啦！」每年二到三月是公水鹿落角的高峰期，拜住在這裡的龐大鹿群之賜，每年落角期後，造訪丹大地區的前幾支隊伍，都很有機會巧遇這來自森林的藝品。

走著走著，石馬哥忽然來到我身邊，手上抓著幾支長長的香杉枝條與落葉，問我大概多久會上到丹大林道，林道旁有沒有空地，抵達林道時我們有什麼安排等等。我一邊回答不一定、粗估約五小時，一邊困惑為何要問這個。看到他抓著大把樹枝，我便建議：「林道旁邊也有很多樹呀！到時候再拿就好。」結果，石馬哥的臉色一沉，示意我不要問。

看著他嚴肅的神情，我便識趣地把話嚥了回去，繼續帶著大家往上爬。

出了森林，我們在海拔 2,000 公尺左右爬上一座小丘，眼前的景色十分驚人：綿延不絕的巒大蕨海，帶點翠綠的枯黃色在眼前鋪展開來，爬上了山坡，與天空接壤。我們接下來要穿過這片蕨海，接上由山頂延伸下來的森林防火巷，這最後的 500 公尺爬升沒有什麼遮蔭，陽光幾乎可以把人烤乾。因此，這天我從出發時就不斷提醒大家，水一定要帶夠，路上要隨時小口補充。

這十天來的經驗是，族人們因為不習慣這種長程登山與飲水管控，大部分人往往在路程三分之二到四分之三左右時，就會把水喝完，以致下午乾渴難耐。而這天就差臨門一腳了，希望能突破這個「渴死魔咒」呀！

我們花了兩個半小時才抵達海拔 2,510 公尺的森林防火巷頂，並在那裡大休特休——所有人都十分厭世，沒人願意相信我們與丹大林道只剩一個小丘的距離。這時，詠恩開始收到來接我們的族人的無線電訊號，但沒想到我們的手持無線電功率太小、無法回呼，讓大家只能乾瞪眼。我拿著無線電，默默往山壁邊移動，按下通話鍵，試著呼叫。「欸欸欸！我收到了，是誰是誰！」「詠恩詠恩！」「喔喔！終於呼到你們了！」那個瞬間，我先謊報身分再說，然後把無線電交給詠恩與對方討論，讓他們知道——我們，到了。

2022 年 4 月 14 日，12：30。

石馬哥：「等一下跨過去齁，把你們這幾天齁，不好的，講不好的話，或是看到不好的東西，就是可能有看到什麼或夢到不好的，自己默念哈！不要講自己的名字，跨過去就好，不要再跨回來喔！」

跨過火堆完成除穢儀式。

在山徑與丹大林道接壤的入口，富含精油的香杉乾燥枝葉被燒得劈啪作響，還帶著縷縷黑煙；隊友們口中念念有詞，一一跨過那堆屏蔽了一切厄運的火。石馬哥：「下次不要直接問我要做什麼，老人家很忌諱這個。」石馬哥早上抓著的那一大把枝葉，就是要做「除穢儀式」用的，因為今天大家都生病了，所以這個儀式很重要。每一個儀式都有自己的禁忌存在，我竟又差點冒犯了。

布農族的除穢儀式，跟漢文化的「過火」類似，具體而言需要一邊跨過火，一邊默想過去在山上發生過的、夢過的種種不潔，希望透過火給予的力量，將它們留在山裡。收起相機，心中默念著十天來一切不好的瑣碎遭遇，我對著火堆抬起右腳，跨了出去。除穢儀式的背景聲音，是無線電不斷呼叫，與介於有無訊號之間的干擾音。跨過焰頂的瞬間，我的眼睛忽然有種明亮的感覺，那種奇異之感無以名狀，就是身上好像真的少了什麼。

跨過後就不能再回頭的火堆，如同我們不斷向前的人生，需將諸多不順遂拋於腦後。石馬哥的再三叮嚀，也像《神隱少女》中，白龍叮嚀千尋出隧道前「絕對不可以回頭」的對白一樣，跨過去後，我們就好像離開了一個古老的世界。名為關門，名為丹大。

**Uninang、Uninang！**

「Uninang, Uninang!!!」我跨過火堆後，隊伍正式到齊，全員平安抵達丹大林道，心中的喜悅與激昂再也掩蓋不住，大家瘋狂地互相擊掌、擁抱、道謝、歡呼、流淚……那場面簡直就像太空任務成功時，工作人員拋紙擁抱的狂歡時刻，洋溢著滿滿感動。我們終於，一起以自己的雙腳，完成了一件了不起的事，無論是對馬遠部落，又或是我們每一個人而言。

在大家稍微冷靜之後，趁著接駁車還沒到，詠恩邀請最年長的大頭哥分享十天來的心路歷程，作為本次回家行動的總結。林道上響起一陣巨大的掌聲，然而大頭哥內心有太多感觸，才開口，兩行淚就簌簌流了下來。

「為了走這個行程……有很多人在幫助……我老婆小孩也、也支持我……把我的工作辭掉。我老婆只跟我講一句，說：『老公，你有夢想，你去追。』」原本在教

丹大林道七分所大轉彎，平安完成關門古道全程的大合照。

在蕨海間爬升。

養院上班，為了來關門古道一圓回家夢而毅然辭職的他，深吸了一口氣，繼續用哽咽的聲調說：「活了五十年，我一直都知道我是『布農族』，但是……有了這一段之後，我會很大聲跟人家說：『我是丹社來的馬遠人！那邊真的很漂亮！』因為我有一步一步走過。」在那不斷停頓的自白之中，我們聽見了年過半百的他仍挺身尋夢，放下工作、家人只為追尋出身，回答自己是誰的堅持，也難怪大頭哥這一趟可以醉倒三次了。

「謝謝各位，在我 50 歲的時候，讓我完成這個夢想。謝謝上天、祖先，保守、保佑我們。最後的時候，我們一起用我們主耶穌基督教我們的主禱文，做我們這次行程最完美的一個結束，可以嗎？」

「可以！！」大家抖擻地喊著。

「來，『我們在天上的父』，預備……」

「我們在天上的父：願人都尊你的名為聖。願你的國降臨；願你的旨意行在地上，如同行在天上。我們日用的飲食，今日賜給我們。免我們的債，如同我們免了人的債。不叫我們遇見試探；救我們脫離兇惡。因為國度、權柄、榮耀，全是你的，直到永遠。阿門！」

「Uninang!」

「嗚喔喔！欸——！」

最後，我們在七分所大轉彎處，以大頭哥的分享與最後禱告，為這趟關門尋根，馬遠部落長達十日的回家漫途，正式畫下了一個分號——因為下一趟冒險，是通往醫院採檢的路。而下一趟回家的種子，也已深埋在我們每一個人的靈魂之中。

合影後，來自地利的接駁車隊剛好抵達，轟隆隆的柴油引擎低吼著，朝著我們這群與機械文明脫節十天的人們衝來，揚起一片沙塵，如同風吹過丹大溪底般。

2022 年花蓮縣文化局協辦的馬遠部落「再造歷史現場專案計畫」，最後在十七人確診 Covid-19，全員隔離十四天的鬧劇中畫下了句點。一起歷經這高潮迭起的十天，走超過 50 公里的路，爬升超過 5,000 公尺的坡，翻越中央山脈的我們走得跌跌撞撞，有著喜怒哀樂、感動驚訝。雖然結局並非完全圓滿，行程中也留下了遺憾，但毫無疑問地，我們仍成就了一趟能永遠留在心中的深刻旅程、一起走過找到自己的路。

若僅以客觀表象來看待，這趟旅程對古道與舊部落的研究並沒有新的發現，甚至走得比登山老手慢上許多。那麼，究竟為什麼要回家？這種遠離塵世、動輒十天半個月的「回家」行動，到底能為參與其中的人們、甚至是他們所處的生活圈，帶來怎麼樣的影響？是否如同煙火一般，在燦爛的光輝乍現後，一切又歸於平靜，時光依然流轉，老家繼續頹敗？

我想，馬遠青年們的這趟旅程，與內本鹿霍松安家族的故事，已經說明了一切。

在這個一切講求效率、成果的時代，人們時常只問結果，而忽略在這過程中得到了什麼。仔細咀嚼，你會發現這個故事若只論結果，將會十分單薄，且未竟：「因為確診，而沒有成功回到丹大社。」但是，若把目光聚焦在這十天的過程，那些由細節堆砌而成的記憶，你將會發現：無論回家的結果是什麼、有沒有成功抵達原本

在巒大蕨海中爬上山坡，回首丹大溪老家的詠恩。

設定的目標舊部落，每個人在這趟旅途中，都已有著十分豐厚的見聞與收穫。

這些收穫，可以是橫跨台灣全海拔山林環境的深度見聞，從低海拔闊葉林、中海拔霧林帶原始巨檜林、砍伐後的人造林、鬆軟單調的二葉松林，到高山大片的箭竹草原。也可以是一趟親自翻越中央山脈的能力肯定，或是沿途由阿光與長輩所傳承的古老故事；可以是走在老人家的路上，用老人家的步調生活；可以是晚上老人家給予的恩惠。更可以是，迴盪在丹大溪畔，與水聲和鹿鳴交織而成的布農古調——大家親口讓 Bunun 的靈魂在這片山林之中，重新活了過來。這些過程的記憶，無論用多好的媒介，都無法在傳統領域之外的場域中感受到。

唯有細心感受回家過程的山居生活，以「行動教室」的角度思考，才能看見「回家行動」的真正價值。那些屬於布農族的互助團結，強調「一起」的氛圍，以及回家期間所使用的語言、技能，從同行長輩身上學習到的族群文化，還有見證承載一切的現場，都是回家行動之中，參與者所能獲得的獨特經歷。

因此，原住民族群以家族為核心所進行的回家行動，並不是「辦活動」的概念，而是「實踐文化」的過程；保全了不只家族，也是族群文化的根。

我們知道，通往家的路，我們一定會再回來。

我們知道，這十天，緊密的、痛苦的、快樂的、讚嘆的、古樸的、自然的，以 Taki-vatan、以山、以關門古道為名的生活，將在我們或長或短的生命裡，留下一片永恆的石板。靜靜等待著祭告的酒與肉，還有親手重建家屋、重建屬於 Bunun、屬於人的靈魂的那天。

# 後記

## 在家與國家之間

## 文化部門的協力

從馬遠與內本鹿的經驗中，都可以看見原住民的「回家」，不僅僅是實踐無形文化資產的動態保存、土地脈絡與知識的完整傳承，更是原住民青年、有志尋根的長者等，找到屬於自己的認同，建立自己與祖居地連結的重要過程。

然而，要讓人們放下手邊的工作，進行數日乃至十數日和「生存」、「生產」完全無關的行動，依然是一件十分困難的事。若在此門檻之上，再加上需要大筆額外支出的交通、伙食、協作等費用，那不僅會降低意願，更會增加家族成員對此的不諒解與衝突。

因此，內本鹿霍松安家族成功延續二十年，以家族為核心由內而外，最後拓展至外族 Kaviaz（朋友）廣泛參與的案例，可以說是可貴的唯一，綜合了天時、地利、人和，才能有今日的規模。

唯有直接進入傳統領域，在那個空間中學習和環境相處、學習老人家的智慧與態

家屋一角。

度，才有可能透過不斷地使用，完整將族群文化傳承下來，並重建人與環境的連結。馬遠部落這一次的回家行動，有文化部「再造歷史現場專案計畫」的幫助，是一個由政府相關部門提供資源，加速部落保存無形文化資產，建立與祖居地、傳統領域連結的案例。

陳孟莉曾是花蓮縣文化局文化資產科的科員，也是馬遠部落這次再造歷史現場專案計畫的承辦。她是花蓮縣從 2017 年左右開始，一系列布農族傳統領域內重大文化工程的幕後推手，由「再造歷史現場專案計畫——拉庫拉庫溪流域布農族舊社溯源與重塑計畫」為起點，到之後如佳心石板屋重建、多美麗駐在所駁坎修復，以及華巴諾駐在所砲庫屋頂更新等。

她講話總是帶著微笑：「一切的緣起，是因為我讀了林一宏老師的《八二粁一四五米》。受到那本書的啟發，心底就浮現一個願望，希望把八通關古道與舊部落的家屋變成我們花蓮縣的文化景觀。」然而，實際要做，才發現這是非常困難的事，舊部落早已人去樓空；年輕的沒有回去，不少耆老也都已回歸祖靈懷抱，過去的經驗對於部落的人來說已然相當陌生。當時，林一宏老師建議她，可以從讓年輕人建立身體記憶開始，重新找回人與土地的關係，進而讓部落的文化在這片山中延續下去。

於是，陳孟莉就在思考：「到底做什麼可以增加身體經驗？」試著在山中找一點事情讓族人來做，讓他們能在傳統文化發生的空間中停留久一點、在山中有多一點的生活記憶。於是，在各種際遇之下，重建佳心舊部落的石板屋，就成了一個意義重大又吻合目標的選擇。

「計畫開始之前，我們會先到部落辦說明會，了解族人需要什麼，因為每個部落的背景脈絡不同，需要的東西也不一樣。」陳孟莉解釋，每個部落獨特的歷史，讓文化工作必須謹慎細膩，且應由下而上、以部落為主體地執行。

了解部落對於文化工程的需求後，文化局會研擬合適的採購案，向部落採購專業服務，用以投入文化相關工作、服務族人或進行社區培力。但由於「再造歷史現場專案計畫」並非常態性的資源挹注，未來的持續性備受考驗。「目前特別預算只到

位於 Dastalan 上方，關門古道遺跡 Duhulan laibatu「被鑽孔的大岩石」。

113 年（2024 年）。」孟莉說到，也像宣告這幾年花蓮蓬勃進行的各式布農族文化資產保存工作的終焉之日。

陳孟莉話鋒一轉，認為像林務局成立「阿里山林業鐵路及文化資產管理處」以管理阿里山森林鐵路相關文化資產的做法，就非常值得肯定。唯有讓文化資產回歸所有之機關自身認定，當作機關財產而非累贅來維護時，相關的管理、保存工作才能真正由下而上地順利進行。

計畫經費的挹注確實有加速部落活化、保存自身文化資產的效果。然而，除了文化局主動清點、撰寫計畫、採購專業性服務的方式外，她建議部落方也可以透過自主撰寫計畫，申請文化局各式獎補助案的資源，以投入文化工程使用。雖然金額較小，但靈活度大、自主性高。

其實，以內本鹿回家為鏡，可以了解「回家行動」若要能持續下去，成為不斷啟發後人、傳承族群文化的重要手段，還是只能依靠教育、家族成員的自我覺醒，由內而外實踐「回家」的過程。政府文化相關部門能做的，終究是輔助的角色，文化還是得由主角來延續才能長久。

## 林務體系的和解

除了來自文化單位的不定期支持，愈來愈蓬勃的回家行動，還可以得到來自政府的另一個助力，那就是友善、持開放的態度的國有林班地主管機關：林務局。

由於舊部落皆位於國有林班地內，在這次馬遠回家行動中，也可以發現許多法規並不允許的行為——「生火」與「狩獵」，甚至像內本鹿興建家屋時，需要砍伐木頭等。這些行為與《森林法》、《野生動物保護法》相衝突，凸顯出當代法律在制定時，並沒有將原住民傳統文化納入考量的矛盾。直到民國 94 年（2005 年）《原住民基本法》施行後，自用採集、狩獵的權益才得到第 19 條與 23 條的保障。

過去與原住民部落對森林利用方式的認知大相逕庭，因而有著嚴重矛盾的林務局，如今卻抱持著友善、開放的態度，希望能以溝通、互信、共管的方式與部落合作。內本鹿人文工作室與台東林區管理處所合作的「Mamahav 山胡椒學習基地」即為一良性互動之實例。

我在 2022 年上半年到林務局拜會時，曾請教過時任林務局局長林華慶，關於原住民回家行動的管理議題。局長表示，尋根的過程中若需要林木不是問題，像花蓮佳心石板屋的復建，其實林管處就有從中協助。該重建計畫曾挑選、申請使用當地的三十株台灣櫸要作為家屋結構用材，當時林務局便提供相關的程序作業，讓林產物採取部分合法化。

「至於有一些祭儀需要用火，我也不覺得那是問題，這個都是可以的。但是在比如說去年（2021 年）上半年那種特別乾燥的季節，我覺得可能要審慎一點。」林華慶局長表示，目前原住民的回家行動，在林務局轄區內只需要報備即可，林管處不做審核，只是希望族人能讓林務局了解山中的人員動態。而行程中的用火、為了生火而收集木柴的行為，林務局也不會干涉，除非是過於乾燥的季節才會加強宣導。「對於族人尋根過程中的森林使用，抱持尊重跟開放的態度。」林華慶局長再次重申，而這樣的立場，也體現在《野生動物保育法》的修法上。

眾人在 Havaan 最高的家屋前鄭重祭告，海拔約 1,740m。

防火巷頂端休息的眾人。

新的狩獵管理辦法雖仍需要申請，但會大幅鬆綁現行規定，林華慶局長說：「一定要有『完成申請』這個程序。但那個申請會變得相對容易很多，其實已經很接近報備制了。」然而，大法官釋憲的結果對管理政策的制定十分重要，王光祿案大法官的解釋，仍將狩獵物種限制在一般類野生動物，保育類還是不能打。

對原住民而言，最主要的狩獵物種除了一般類的山羌不會有爭議外，數量豐富卻仍名列「表示其他應予保育之野生動物」名單的台灣水鹿、台灣野山羊，在法律上就顯得十分敏感。因此，局長也表示，若是符合原住民傳統文化，為自用的目的而獵捕水鹿、山羊，依照修訂中的原住民狩獵管理辦法，只要事後完成通報，就沒有觸法之虞。這樣的管理機制，也能防止有心人以誤捕為藉口，盜獵一般而言傳統上有狩獵禁忌的黑熊、熊鷹等瀕臨絕種野生動物。

當時在一旁的林務局專門委員劉美妤補充，原住民過去狩獵前都不申請，除了以文化的角度而言，不能事先講說會打到什麼以外，還有麻煩又不合邏輯的流程：「五天以前要到鄉公所申請，但誰能這麼精準估計五天後的狀況？」

林務局也非常清楚，以原住民傳統文化的角度審視，現行的管理辦法可說是將狩獵的行為當作「辦活動」處理，而非與日常生活緊密相依的「文化行為」，是完全站在漢人角度制定的法規。除了讓原住民族感到不受尊重而反彈外，也使得狩獵行為轉為完全地下化，讓政府有法可管卻無力管理，王光祿案可說是這一切衝突的具體展現。

「所以現在我們會讓申請時間更縮短，可能會用類似一個 App 或是一個網站，用單純的窗口讓族人能方便快速地申請。」劉美妤說明目前的修法方向，也希望部落能付出更多努力訂定狩獵公約，然後走到狩獵自主管理的階段。

林華慶局長說：「我們現在去修訂法規，很重要的精神是：『我要知道到底發生什麼事』。」過去制度過於強調事前門檻，審查也很嚴，還有駁回案例。這直接導致了狩獵行為地下化，最後林務局什麼資訊都得不到。「現在就是前面把它盡量弄得比較簡便，但是我們可以掌握山裡真正發生什麼事，這才是一個經營管理的精神啊！」唯有開放透明，才能在遠離人類文明的山林環境中進行管理，否則只要上山的人不講，山下什麼都不會知道。

無獨有偶，台灣在登山管理方面也有相同的轉變。2019 年底行政院宣示「向山致敬」的政策方針，讓管理單位不能再無故封山；此舉讓台灣正式擺脫「爬黑山」（未經主管機關同意，進入劃為管制區的山地）的文化，更幫助主管機關掌握山中動態。另外，部落對於傳統領域的管理，要和當代國家體系的運作達成平衡，目前最合適的方式，是和林務局組成共管委員會，可以更簡化山林管理、提升部落的主體性。

過去民國 96 年制定的共管委員會設置要點，比較接近由上而下，連委員都是林務局建議的人選。「現在是由族人自己推派，族人的代表超過二分之一，而且握有決策權。」林華慶局長指出，不管是狩獵或森林產物，甚至用火，都可以透過共管委員會決策。但台灣八百多個部落中，真正組成共管委員會的還是少數，這個合作模式仍需要許多溝通與推廣。

位於臺東蘇鐵自然保留區中的 Mamahav 山胡椒學習基地。

面對部落與山林管理的議題，局長面帶微笑說：「基本上我都還是樂觀啦，我從來都不會悲觀！我每次都跟同仁說：『部落好，山林才會好！』就只是要多花一點時間，也希望部落夥伴能相信我們。」

林華慶局長的一席話，其實也道出百年來原住民與國家體系間的衝突與和解。從昭和 5 年（1930 年）的集團移住政策開始，被抽離土地脈絡的原住民來到原本不屬於族群的土地，面臨生活的適應、疾病的侵擾與文化的衝擊。到 1994 年 8 月 1 日修憲，「原住民」一詞正式定義之前，他們一直不受國家政策的重視，民族自主性與土地的權益被剝奪，也導致失去傳承場域的文化日漸衰微。

如今，無論是協助族人培力與保存文化的文化部門，或是抱持開放、坦誠態度想與族人共同管理傳統領域的林務局，都成為國家機器之中，願意將曾被剝奪的記憶與權力還給原住民的部門。雖然距離「完全自治」還有非常遙遠的距離，許多細節尚未盡如人意，但我們仍可期待，台灣，會走在這條通往 Mai-asang（老家）的路上，繼續往多元文化共存的未來努力。

當時代與政策變得對「回家」更友善，登山運動的蓬勃發展與科技的進步，也讓山不再遙不可及時，是否能讓台灣的原住民，甚至是非原住民青年們，更願意起身，以主人的姿態或 Kaviaz（朋友）的身分，在天時地利後，圓滿「人和」的最後拼圖，實踐 min bunun（成為人）的精神，回到自己的家，找到自己的心呢？

和族人們一起回到山裡，看見根、找到真正的自己。

# 推薦文

# 重返——最原初的田野！

◎詹偉雄（文化觀察家）

要像穿越的風搖動樹群一樣。得讓你的凝視深透一切，而不僅限於反射或鏡像。

Be like the wind that shakes these trees. Let your gaze be penetrating, let it not limit itself to reflecting and mirroring.

—— Henri Lefebvre, *Rhythmanalysis: Space, Time and Everyday Life*, p.80

我與雪羊相識六年，和我的年紀相比，他只能算是我的「新朋友」，但如果將我和他龐大的網路與現實世界裡的粉絲們相比，我已算是他的「老朋友」了。

2018 年初，我們共同參與了文博會「從身體創造」的前期山岳探勘行動，循著1920年代日本高校留學生鹿野忠雄由志佳陽、雪山南壁登上雪山主峰的舊路，嘗試描摹這位年輕人日後身心轉變的過程。當年的策展命題是我發想的：如果人生的取向有所堅定，不是因為我們受了多少的教育，而是身體經歷了哪些自然中的開顯。我讀了鹿野忠雄日後所寫的《山、雲與蕃人》，察覺到他在頻繁的台灣登山過程中，慢慢地獲得了生活與志趣的肯證，在博物學專業與登山技藝上出落得有如一顆明亮的星星，從而覺得：台灣有志於創意生涯的人，應該都來親近、孺慕一下鹿野的故事，特別是他念高中之時，初次登上雪山，在雪山南壁上逐步登高，從而將近處的圓柏純林和遠方的玉山、秀姑巒、南湖、中央尖、奇萊主北……一一收入眼底的那些驚惶片刻。

雪羊是我們那趟行程的協作，負責背負器材和輜重，末段還權充行進間的攝影紀錄。沿途攀談，知道他是我台中一中的學弟，畢業於台大森林系，對社會改革頗有志向，努力地經營著「雪羊視界」的粉絲專頁。也許是天意，接下來幾年，我和他一齊攀登了台灣好幾十座山頭，在帳篷與天幕下度過無數個星空滿載或大雨滂沱的夜晚，我甚至自告奮勇地寫推薦信，鼓舞他成了我台大新聞研究所的學弟。

讀者正翻閱著的這本小書，是雪羊的碩士論文。台大新聞所的畢業論文有好幾種，可以是影視作品、長篇報導與理論論文，他不聽我的建議，執意要寫報導而非理論論文（我的立論是：你在粉專已經寫很多報導了，不如梳理一些社會思想的理論，幫你建構出看事物變化的高度和視野），但無論如何，論文還是寫出來了，我還是理當來推薦一下小老弟的作品。

論文的主題，是記錄了原住民布農族的一個氏族（花蓮馬遠部落），翻越高山，由東往西向祖居地的家屋進行尋根之旅的故事。在台灣近年登山運動逐步熱絡的當下，布農族的文化、歷史和他們對待自然的態度，也成為山岳故事中一個獨特的焦點，不只是布農族在廣袤的山區裡，遺留著最大量的祖先生活遺跡，登山者很多朋友也都是布農族後裔，透過交往，我們了解他們的生命處境，知道近三、四代的布農族人被迫離開祖居地，流離顛沛到台灣的東邊與南邊，辛苦地在認同剝離和工商優勢價值下，奮鬥求生的故事。

上世紀初日本殖民統治者的理番政策，強迫世居山林的原住民往平地遷徙，以完成「全境綏靖」的治理最高目標。這種外來者對在地人的壓迫，造成了多重的痛苦後果：一方面，遷徙是來自優勢武力鎮壓的後果，移居的人是懷抱著對暴力的恐懼而離開，這種恐懼在世代與世代間埋下了永恆的創傷；另一方面，依靠著山林維生的原住民，來到了陌生的平地，要學習嶄新的謀生方式，要融入漢人或殖民者競爭性的社會規則，而且失去了以自然萬物為題材的世代間意義教養的空間場域，部落無法一一接住適應不良的心靈，文化裡原有的整體感逐步地脆裂、崩解。這樣的境遇，在二次戰後國民政府治台，各種更優位的治理思維掌握台灣的發展策略下，狀況只有惡化而無改善。

在這個世紀的開端，開始有部落的年輕人主動地發起尋根的運動，馬遠部落吉他歌手馬詠恩發起的橫越中央山脈走回祖居地的計畫，引起了很多登山者的注意。當年，布農族的六個主要社群（卓、卡、丹、巒、郡、蘭）自西往東遷徙的過程中，隸屬丹社群的詠恩先祖必須翻越中央山脈的主稜脊關門山，下到馬太鞍溪後再翻過海拔近三千的倫太文山，才會抵達一輩子初次直擊大海的新居地；也因此，重返關門古道尋根的路，便是一條又深又遠、既高且險的探勘行程。由於這條路線並非百岳登山路徑，清帝國開闢的古道早已隱沒於荒煙蔓草之間，尋根的後代子裔在踏查的過程中必須遙想當年長輩走路的心思，一步步接近那殘存的集體記憶，而同時在路上捕捉動物、大樹、苔蘚、落雨、穴洞……的意義召喚，奮力地讓故里耆老們那些「與自然共生」的提點再度明朗、清晰起來。

雪羊受到這樣深具意義感的行動的感召，加入了一次部落年輕人身體力行的迢遙之旅。我知道這是年輕人渴望獻給自身「成人禮」的一種許諾，不只是想從自然裡獲得對自身的啟發，而是想透過對另一群「兄弟」尋找他們安身立命方式的共感與理解，讓自己徹頭徹尾地剝掉一層皮。把這個過程寫下來，就成了讀者眼前的這一本書。

在大眾媒體建構的現代社會想像裡，我們都知道有一套支配性的文化論述，

貫穿於生活世界的周遭，引導著、調動著年輕人成為一位「更好的人」（例如成為半導體人、醫生或大學教授），但也有無數個不那麼巨大、置身邊陲的芒刺型論述，攻擊、嘲諷、譏刺、揶揄著這些社會主流論述，考諸過往歷史，也可見邊緣論述剎那間翻轉主流論述的例子。然而，在這些眾神喧嘩的動盪波折裡，我們究竟該如何自處？如何找尋到身心和時空中的某種抉擇——那種「就是這樣了！」似的、意義鎖鏈豁然接上的確證感覺呢？

十九世紀英國維多利亞時期，工商產值大進，功利主義席捲人心，詩人與文化評論家馬修·阿諾德（Matthew Arnold）大聲疾呼：「生命不是擁有和獲得，而是存有和成為。」（Life is not a having and a getting, but a being and a becoming.）這句話是如此毫無違和地適用於台灣啊，在此我姑且轉譯成：「生命是在自然田野中，自己長出來的！」我們如果不跨入一場事件，不走進一座森林，不經歷一次風暴，不目睹一顆生命的死亡……人是無法置身於自己生命之中的；而我們一旦有了這樣的存有感，便足以抵抗所有論述的支配，活在自己的人生裡。

認識鹿野忠雄、詠恩和雪羊，原來他們一脈相連，成了我生命中難忘的片段，也推薦這本小書給所有找尋意義的朋友們，山林是生命最原初的田野，再真也不過。

# 出發以後就是一家人

◎甘耀明（作家）

台灣地貌多變，但疆域不至於太大，對大家而言，回家不是難事，便捷的交通網絡解決大部分的困境，剩下的是「家」的魅力吸不吸引你常回去。然而對有些人來說，回家充滿險阻，富精神意義。十幾年前，我蒐集花東地區的布農郡社群資料，好融入自己書寫的小說。其中「重返內本鹿傳統領域重建家屋」引起我的關注，這是台東延平鄉布農族霍松安家族返家行動，每年回到祖居地，至今延續了二十一年。

日治時期，最後一次武裝抗日是發生在內本鹿警備道，1941 年，布農人海樹兒等三人槍殺兩名日警，事敗被槍斃，代價是日警將所有居住在內本鹿的族人強制遷徙下山，並將祖屋燒除，更加深布農人認為燒毀的屋舍不宜居住，得遷移他處。

2009 年，執行強制遷移的日警後代——青木兄弟，懷念自己出生的內本鹿警備道「嘉嘉代」駐在所，由布農後裔「內本鹿行腳」領隊 Biung（古總結）帶

往七分所途中的巨大蕨海山坡。

他們回家。非常巧的是，我書寫小說的「三叉山事件」的日警後代，也是出生在嘉嘉代駐在所。為此，我與 Biung 與 Dahu（胡榮茂）有了短暫接觸，好了解事情來龍去脈。這故事令人糾結與迷人之處，是七十歲日本兄弟，想回到出生的駐在所，行前自己在日本體訓一年，面對曲折陡峭的殘毀路徑，當然也要強化內心建設，面對布農目光，畢竟當年逮捕抗日布農人，與將族人強制遷往山下的正是他們的爸爸。

「回家」往往是複雜層次，近乎尋根，這本《記憶砌成的石階——翻越關門，布農丹社歸鄉路》（以下簡稱《記憶砌成的石階》）背景，有點像我講的故事，處理布農人遭受政治遷移的故事，這是日本人的理番政策「集團移住」，將當時南投信義鄉丹大地區的布農人，沿著清代「關門古道」，翻過中央山脈，東遷到花蓮萬榮鄉馬遠部落。不過，大家不要因為以上陳述，誤認山岳名人雪羊（黃鈺翔）寫的這本書，是歷史密度濃稠的生冷書籍，相反地，這本書給人的閱讀感是親切，雪羊的敘述乾淨明亮，把布農族人回家的過程，鉅細靡遺表現，但又不會予人蕪雜之感，以簡馭繁地整理出鮭魚溯流的過程。

台灣山岳中，南北大縱走往往是個人紀錄的開拓，橫斷（段）路線則充滿歷史文化的探勘，關門古道是清朝開闢的撫番道路，可謂當時的「中橫」道路，日治時期也是不少探險家諸如長野義虎、伊能嘉矩、森丑之助走過。這條知名路徑已有書寫出版，紅書脊系列的台大登山社《丹大札記》，絕對是重要著作；鄭安晞《台灣最後秘境：清代關門古道》深掘歷史，採擷不少東部布農耆老訪談。寫作是踩在前人肩膀往上爬，雪羊是用功的登山者，把兩本重要著作讀完，深度理解消化，《記憶砌成的石階》奠基既有紀錄，又全程採用了布農觀點，使得這本書有了新氣息，更富可讀性。

雪羊是登山專家，足跡遍布台灣高山與荒野，甚至延伸至海外山巔，他是懂山的人，見山不僅是山，更饒富人文素養與歷史底蘊，常常在公部門或登山文化議題提出重要意見，深具影響力。《記憶砌成的石階》是他的第一本書，寫出人文深度，一路捕捉花蓮馬遠部落的布農人身影，順著關門古道遺跡，翻過中央山脈，回到西側以栓皮櫟為名的 Qalmut（堪姆卒）社，配合雪羊的精彩攝影，目擊各種雲霧森林、山脊險峻與布農文化，濃淡合宜的文字紀錄，現場感十足。

這本書類似紀錄片的筆法，將布農族人「回家」的過程，刻印成字，瀰漫濃濃的布農味道，是深度版的《MIT 台灣誌》山岳節目，而且我閱讀時，播放著原住民布農族歌手馬詠恩的音樂，他也是這次回家行動的靈魂人物，使《記憶砌成的石階》讀來更具渲染力。這本報導文學屬性的《記憶砌成的石階》，無論布農槍響、布農地名、植物觀察，乃至隊員間的風趣對話，雪羊詳實寫下，令人歎服，且經過精挑細選，使文章更具有可讀性，尤其是那場山羊的獵捕、屠解與食用，沒有令人感到任何不適，充滿文化意義。

真的很難想像，這十天路途，雪羊在背負三十餘公斤背包折磨下，任重道遠，要不文字記錄，要不就相機攝影，他能清晰記得細節，包括每個地名的布農名稱與意義，尤其這趟「回家」被現代疫情波及，遠避深山也逃無可逃，他日間咳嗽、夜眠煎熬，肌肉痠痛，簡直堪比七彩螞蝗吸吮體能，這些折磨盡在書中呈現，可能是他登山經歷中最具挑戰之一，幸好不辱使命，平安達成。

登山可以醉心美景，也可以是豐潤醇厚的人文課，尤以台灣山脈是歷史層疊的文化空間，山徑亦是通往歷史的幽徑。《記憶砌成的石階》組成團隊以布農族為主，亦有漢人與阿美族人，我是如此喜歡成員之一的布農人阿達所說：「出發以後，我們就是一家人了。」饒富哲理。布農著重「家」情感，這十天行程，大家走的不僅僅是布農回家之路，也是台灣歷史的縮時顯影，情感相依，互為協助，多虧這趟路程有雪羊記錄下來，他以豐富的眼光觀察過程，帶給讀者滿滿的文化饗宴，使得《記憶砌成的石階》這本書別具意義，值得推薦了。

# 行走的雪羊，伏案的雪羊

◎**梁玉芳**（台大新聞所兼任副教授、願景工程基金會總監）

雪羊是先成了「人氣山岳攝影師」（如書介言），後來才到台大新聞所當研究生的。他說是登山同好、新聞所學長，文創界赫赫有名的詹偉雄先生建議他來上學的，來看看專業的「新聞寫作」是怎麼個回事。第一堂的自介，這理由，很有意思。（若是網路文，這裡該附上「好ㄛ」貼圖。）

在臉書世界中，我也是「雪羊視界」粉絲專頁十多萬粉絲之一。它的追蹤數與貼文互動數，讓許多專業媒體臉紅。當版主就坐在台下，說要來學採訪寫作？我不禁「呵呵」，內心送上貼圖一枚。

在「人人都是自媒體」的年代，我能給已成一家之言、自帶流量的網紅學生，什麼樣的「指導」呢？

這也是對我自己「記者」角色的扣問。在新聞貶值、報導式微的年代，社會的「change agent」（改變策動者），除了記者、除了媒體的傳統之外，有更多的職種可能，更多元角色能服膺這樣的功能。「網紅」、「KOL」何嘗不能是社會正向改變的力量呢？

瞧，近來在台灣捲起#MeToo千堆雪的，力量的源頭不就是一齣編演到位的電視劇嗎？先以劇情拆解現實中幽微的權力結構，在人心鬆土；接著編劇簡莉穎再於社群媒體自我現身，書寫當年的性騷擾受害經驗。果然丟出番仔火，點燃熊熊怒火：「不能就這樣算了」，抖出了以往積在權力體制犄角中的陳年汙垢，星火燎原，至今未歇。（當然，如心理師朋友說，嘿，要公平點，這些年來婦運、助人工作者、記者，每一種角色，都各自在位置上為這波#MeToo開了路。）

作為記者及技藝傳授者，近來很深的感觸是：許多動人的作品，不是來自記者專業戶，而是來自「占了一個特殊觀看位置」的工作者——例如「做工」的林立青，近來他臉書上描寫無家者成立的「友洗社創」，每篇故事都不是「採訪」，而是「參與」。那樣「人在田野中」寫出來的作品，自然帶著觸動人心的力量，讓我常在自覺生之可厭時，就立馬讀上幾篇以「補血」，在精神上自我搖肩：「你給我振作點！」

或者，有幸可第一手拜讀監獄工作者巫馥彤為「願景工程基金會」撰寫的專欄文章，她筆下那些超出我人生經驗值的魔幻般的罪犯人生，〈受刑的聖誕阿嬤〉、〈包包被偷走後 我去監獄探視那位小偷〉，讓同事陳靖宜在配圖時愛得情不自禁，總嚷著：「這我非畫插畫不可！」

文字動人，是因為這些書寫者「在場」。而且，這樣的在場，並非是媒體記者單點式的約訪（如今，線上訪談，也是新常態了）——在一定時點、照著採訪清單發問與回答——而是對某個族群長期關切，相濡以沫，在困境中一同浸潤，以時間、空間換來的結晶。

或者，願景工程獎助的報導計畫中，不少動人作品是來自 NPO 工作者，書寫的是傳統記者不曾挖掘的、不得其門而入的自身經歷。讀著，未免掩卷思索（或嘆息？）：記者到不了的地方，就讓「非記者」來吧！

我們幹記者的，若能為這些以血汗凝聚而成的作品再稍稍增色，就是在素樸的真相上，以我們熟悉的報導技藝，理順思路、節制滿溢的情緒，協助「真相」更易入口，如此而已。

雪羊的作品，對我而言，也是如此。他腳下之地，是我無法攀爬的高度。

這本書來自他的碩論，加上數度改寫。他帶領像我這樣站在海平面高度遠望山林的「白浪」，跟著他的腳蹤與書寫，進入那千年林木、雲霧、螞蝗隨行的山徑，回到布農族馬遠部落的心靈起點。

閱讀本書，是跟著那十多名回家的人，一起踏上「min bunun 成為人」的旅程。文字在山上的無路之路奔躍，交織著中生代阿光等人口語傳述耆老的部族禁忌與智慧，帶我看見「會呼吸的房子」。如同雪羊書中形容的，這行旅是「沉浸式的民族教育」、是「行動教室」啊！

這其中的時間跨度並不只是山上的十天九夜，而是百年流轉的部落歷史，「一直走、一直走」，就這樣「重新建構 Asang（家）的概念」，年輕人也在其中習得狩獵、生態思考，累積記憶也建立認同。對現世關於原住民、關於狩獵管理的扞格之處，也在「水鹿主宰的世界」裡，如雲霧在字裡行間繚繞。

與雪羊討論碩論時，在敘事方向、理論背景等等正經事之外，肉腳如我總有些出於記者職業病的問題，好奇肩背近 30 公斤行囊，一路披荊斬棘、難以尋找下腳之處的苦行，「你怎麼採訪？怎麼做筆記？」筆電是不可能啦，怎麼可能邊走邊打，採訪極限挑戰賽嗎？錄音筆，還是原始的紙筆？那下雨怎辦？「老師，我都用手機，沿路直接打字。」喔喔，數位世代的大拇指功力，果然不可小覷。

與雪羊（以及新世代學生及記者）討論寫作的過程中，也讓我思考更多，包括，所謂「新聞報導體」、所謂「客觀」與老派如我有意識地「抽離」等等；體認到過往我在學院及職涯中習得的原則與規條，也都必然要在傳播載具的物競天擇中，演化。

諸如，記者「我」在言說中的不斷現身。

《TIME》記者 Joel Stein 曾經自嘲，他之所以沉溺於第一人稱視角，是因為「TIME」這個字如果少了「I」、「ME」，就不成品牌了。十多年過去，「我」方大勝：所有的部落客、臉書及推特，總是唯我獨尊。

在 iPhone、iPad 時代，出現 iJournalism，也不奇怪吧？事實是，當我們關注外在世界時，一切也是從自己的內心小宇宙出發。尤其是，當事情發生時，記者就身在其中。

另一位論文指導老師洪廣冀教授在大綱口試時直接建議，要描述「布農丹社歸鄉路」之迢遙，你就在隊伍裡，寫別人的感受不如直接寫自己大腿肌肉爆裂的感覺。洪教授也是登山老手，但他說年輕時長年負重，各關節早已載不動一把老骨頭。

雪羊的山岳書寫，是以他的步履來丈量山的高度，以攝影剪取讀者身不能至的世界。這本書是他在網路書寫之外，交出的作品，不知當年推坑的詹偉雄學長，是否滿意？

更重要的是，我們是否在書中看見了這片土地上，我們所不曾明瞭，甚至辜負的那些人、那些山、那些歷史？

我是雪羊，志在把山裡的故事帶回人間，與你一起從不同的角度，看見台灣、看見世界！

## 參考文獻


1.《文化資產保存法》（2016）。

2.《原住民族基於傳統文化及祭儀需要獵捕宰殺利用野生動物管理辦法》（2015）。

3. 林圯埔撫墾署（1898）。《三十年自六月至十二月林圯埔撫墾署事務報告》，典藏號：00000273004。台北：國史館台灣文獻館藏。

4. 王甫昌（2003）。《當代台灣社會的族群想像》。台北：學群出版社。

5. 王應棠（2000）。〈家的認同與意義重建：魯凱族好茶的案例〉，《應用心理研究》，8：149-169。

6. 台大登山社（1991）。《丹大札記》。台北：玉山社。

7. 江阿光（2019）。《布農族丹社群馬遠部落移住路線環境命名之調查研究（1945-2018）》。環球科技大學觀光與生態旅遊系環境資源管理碩士班碩士論文。

8. 伊能嘉矩著，楊南郡譯（1997）。〈從拔石埔到東海岸花蓮港的道路〉，《台灣風物》，47（2）：106-108。

9. 夷將・拔路兒等編著（2008）。《台灣原住民族運動史料彙編》。台北縣新店市：國史館。

10. 李敏慧（1997）。《日治時期台灣山地部落的集團移住與社會重建——以卑南溪流域布農族為例》。國立台灣師範大學地理研究所碩士論文。

11. 何懷嵩（2018）。《尋找生命的春光：行腳節目導演技術與美學》。台北：新銳文創。

12. 吳俊憲（2006）。〈台灣本土教育的發展背景、概念架構及其課程改革籌劃〉，《課程與教學季刊》，9（1）：61-80。

13. 吳密察監修，遠流台灣館編著（2000）。《台灣史小事典》。台北市：遠流。

14. 林芳青（2021）。《記憶、敘事與認同：成為「原住民」的多元圖像》。國立東華大學族群關係與文化學系碩士論文。

15. 林茂賢（2009）。〈台灣無形文化資產傳統藝術登錄現況〉，《台灣民俗藝術彙刊》，8：1-18。

16. 長野義虎（1936）。〈生蕃地探險談〉，《台灣山岳》，8：1-25。

17. 馬淵東一著，楊南郡譯（2014）。《台灣原住民族移動與分布》。新北市：原住民族委員會，台北市：南天。

18. 航空測量及遙感探測學會（1987）。《台灣地區十萬分一地形圖：08》。台北：航空測量及遙感探測學會。

19. 徐如林、楊南郡（2011）。《能高越嶺道 穿越時空之旅》。台北市：農委會林務局。

20. 徐如林、楊南郡（2014）。《浸水營古道：一條走過五百年的路》。台北市：農委會林務局。

21. 孫大川（2000）。《夾縫中的族群建構：台灣原住民的語言、文化與政治》。台北：聯合文學。

22. 原住民族委員會（2022）。〈【2022 年】8 月原住民族人口數統計資料〉。取自：https://www.cip.gov.tw/zh-tw/news/data-list/812FFAB0BCD92D1A/1F8F1DEAFAE5C1

6758E74E9E70A3A0B9-info.html

23. 原住民族委員會（2022）。〈原住民族 16 族簡介〉。取自：https://www.cip.gov.tw/zh-tw/tribe/grid-list/index.html?cumid=8F19BF08AE220D65

24. 郭鴻儀（2017）。《我國無形文化資產保存法制研究——以登錄程序為中心》。國立中正大學法律學系碩士論文。

25. 教育部全球資訊網（2019 年 10 月 21 日）。〈向山致敬 啟動山林政策新思惟〉。取自：https://www.edu.tw/News_Content.aspx?n=9E7AC85F1954DDA8&s=71851203F0A84244

26. 許瓊丰、劉芳瑜（2013）。《台灣登山史 紀事》。台灣：內政部營建署。

27. 移川子之藏（1935）。《高砂族系統所屬の研究》。台北：台北帝國大學。

28. 黃鈴華（2005）。《台灣原住民族運動的國會路線》。國立政治大學民族研究所碩士論文。

29. 森丑之助（1910）。《ぶぬん蕃語集》。台北：台灣總督府蕃務本署。

30. 森丑之助著，楊南郡譯（2000）。《生蕃行腳：森丑之助的台灣探險》。台北市：遠流出版事業股份有限公司。

31. 楊錫坤與陳俊吉（1994）。〈舍飼台灣水鹿之生殖及生長性狀與鹿角週期〉，《東海學報》，35（農學院）：187-200。

32. 台灣總督府警務局理蕃課（1936）。《高砂族調查書》。台北：台灣總督府警務局理蕃課。

33. 鄭安睎（2000）。《台灣最後祕境—清代關門古道》。台中：晨星出版社。

34. 鄭安睎（2021a）。《重返關門——踏上布農丹社歸鄉路（上）》。台北市：采薈軒文創美學。

35. 鄭安睎（2021b）。《重返關門——踏上布農丹社歸鄉路（下）》。台北市：采薈軒文創美學。

36. 蔡譯瑩（2015）。《博物館與無形文化資產的保存與再現——以布農族祈禱小米豐收歌為例》。國立台南藝術大學博物館與古物維護研究所碩士論文。

37. 聯合國（1992）。〈生物多樣性公約〉。取自：https://www.un.org/zh

38. 聯合國教科文組織 UNESCO（2003）。〈保護非物質文化遺產公約〉。取自：http://www.crihap.cn/2014-07/02/content_17638153.htm

39. 謝世忠（2017）。《後《認同的污名》的喜淚時代：台灣原住民前後台三十年 1987-2017》。台北：玉山社。

**英文部分**

1.Climo, Jacob J./ Cattell, Maria G.（2002）. *Social Memory and History: Anthropological Perspectives*. Washington, DC: Altamira Press.

2.ICOSMOS.（2008）. The ICOMOS Charter on Cultural Routes. Quebec, Canada: 16th General Assembly of ICOMOS.

3.Kirshenblatt-Gimblett.（2004）. Intangible Heritage as Metacultural Production. *Museum international*, 56（1-2）, 52-65.

【新書分享會】

《記憶砌成的石階——翻越關門，布農丹社歸鄉路》
主講人：雪羊

**【台中場】**
日期：8/06（日）
時間：15:00-16:00
地點：誠品園道店3F閱讀書區
（台中市西區公益路68號）

**【台北場】**
日期：8/25（五）
時間：20:00-21:00
地點：誠品松菸店3F FORUM
（台北市信義區菸廠路88號）

洽詢電話：(02)2749-4988
＊免費入場，座位有限

國家圖書館預行編目資料

記憶砌成的石階 : 翻越關門，布農丹社歸鄉路 /雪羊(黃鈺翔)著. -- 初版. -- 臺北市 : 寶瓶文化事業股份有限公司, 2023.07
面 ; 公分. -- (Vision ; 246)
ISBN 978-986-406-369-7(平裝)

863.55 112010068

Vision 246

# 記憶砌成的石階——翻越關門，布農丹社歸鄉路

作者／雪羊（黃鈺翔）

發行人／張寶琴
社長兼總編輯／朱亞君
副總編輯／張純玲
資深編輯／丁慧瑋
編輯／林婕伃
美術主編／林慧雯
校對／林婕伃・劉素芬・陳佩伶・雪羊
營銷部主任／林歆婕　業務專員／林裕翔　企劃專員／李祉萱
財務／莊玉萍
出版者／寶瓶文化事業股份有限公司
地址／台北市110信義區基隆路一段180號8樓
電話／(02)27494988　傳真／(02)27495072
郵政劃撥／19446403　寶瓶文化事業股份有限公司
印刷廠／世和印製企業有限公司
總經銷／大和書報圖書股份有限公司　電話／(02)89902588
地址／新北市新莊區五工五路2號　傳真／(02)22997900
E-mail／aquarius@udngroup.com

法律顧問／理律法律事務所陳長文律師、蔣大中律師
如有破損或裝訂錯誤，請寄回本公司更換
著作完成日期／二〇二三年三月
初版一刷日期／二〇二三年七月二十六日
初版五刷日期／二〇二三年八月三日
ISBN／978-986-406-369-7
定價／四九〇元

# 愛書人卡

感謝您熱心的為我們填寫，
對您的意見，我們會認真的加以參考，
希望寶瓶文化推出的每一本書，都能得到您的肯定與永遠的支持。

系列：Vision 246 書名：記憶砌成的石階——翻越關門，布農丹社歸鄉路

1. 姓名：＿＿＿＿＿＿＿＿ 性別：□男 □女
2. 生日：＿＿＿年＿＿＿月＿＿＿日
3. 教育程度：□大學以上 □大學 □專科 □高中、高職 □高中職以下
4. 職業：＿＿＿＿＿＿＿＿
5. 聯絡地址：＿＿＿＿＿＿＿＿＿＿＿＿＿＿＿＿＿＿＿＿
   聯絡電話：＿＿＿＿＿＿＿＿ 手機：＿＿＿＿＿＿＿＿
6. E-mail信箱：＿＿＿＿＿＿＿＿＿＿＿＿＿＿＿＿
   □同意 □不同意 免費獲得寶瓶文化叢書訊息
7. 購買日期：＿＿＿ 年 ＿＿＿ 月 ＿＿＿日
8. 您得知本書的管道：□報紙／雜誌 □電視／電台 □親友介紹 □逛書店 □網路 □傳單／海報 □廣告 □瓶中書電子報 □其他
9. 您在哪裡買到本書：□書店，店名＿＿＿＿＿＿ □劃撥 □現場活動 □贈書
   □網路購書，網站名稱：＿＿＿＿＿＿＿ □其他＿＿＿＿＿＿
10. 對本書的建議：（請填代號 1. 滿意 2. 尚可 3. 再改進，請提供意見）
    內容：＿＿＿＿＿＿＿＿＿＿＿＿
    封面：＿＿＿＿＿＿＿＿＿＿＿＿
    編排：＿＿＿＿＿＿＿＿＿＿＿＿
    其他：＿＿＿＿＿＿＿＿＿＿＿＿
    綜合意見：＿＿＿＿＿＿＿＿＿＿＿＿＿＿＿＿＿＿＿＿＿＿＿＿
11. 希望我們未來出版哪一類的書籍：＿＿＿＿＿＿＿＿＿＿＿＿＿＿＿＿

讓文字與書寫的聲音大鳴大放

寶瓶文化事業股份有限公司

（請沿此虛線剪下）

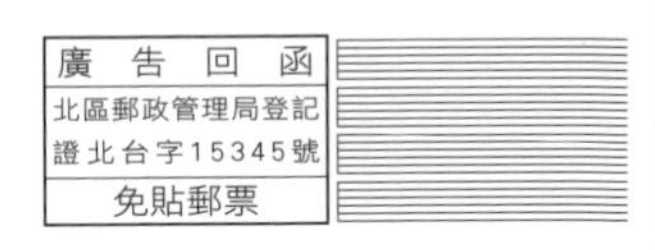


寶瓶文化事業股份有限公司 收
110台北市信義區基隆路一段180號8樓
8F,180 KEELUNG RD.,SEC.1,
TAIPEI.(110)TAIWAN R.O.C.

（請沿虛線對折後寄回，或傳真至02-27495072。謝謝）